現代語訳付 説経 かるかや

黒木祥子
小林賢章
芹澤　剛
福井淳子　編

目次

はじめに――『説経　かるかや』について――

小林賢章

一

江戸時代極初期大阪の地で一時代を築いた芸能に「説経」がある。その当時同じく隆盛を築いた浄瑠璃とお互いに影響を与えながら繁栄した。後には、浄瑠璃の影響を受けて人形芝居の形式で演じられもしたために、この芸能を「説経浄瑠璃」とも呼ぶ。

浄瑠璃の場合、興行主（座元）が観客のために語られる本文を文字化して出版した書物があった。それを正本と呼ぶ。江戸時代初期この説経にも正本が出版されるようになった。本書で掲載した『かるかや』もその一つである。原本は天理大学附属天理図書館に所蔵されており、天下の孤本である。説経の正本は安価で、芝居興行が行われるたびに出版され、保存することなく安易に捨てられたために、現存する説経正本は非常に少数になっている。

ただ、説経『かるかや』（現サントリー美術館蔵）はこの正本の系統（印刷）とは違い、絵入り写本として存在するが、室町末期の風韻をもつとされる。この一写本を除くと、他の作品例えば『をぐり』などにも写本が存在するが、寛永期（一六二四～）をさかのぼる文献は存在しない。説経の本文は、一五〇〇年代末の『かるかや』がその最古と考えられ、それ以前のものは存在しない。

ただ、文献や画証にははるかに古く、説経師（説経を語り、踊る人）ではと思われる記録が存在する。例えば、鎌倉時代の『撰集抄』（十三世紀後半）巻五には、簓乞食《ささらこじき》（説経師は簓を伴奏楽器とした）の説話が見られるし、『融通念仏縁起絵巻』（一四一四成立）には、ボロを着た僧が簓を擦っている絵が描かれている。これらの人が直接江戸時代の説経に結びつくのかどうかはまだ明らかにされていないが、説経師と何らかの関係があることは疑いないとされている。

また、江戸時代の風俗絵巻にも多数、説経師が描かれていることは、よく知られている。説教師は、多く路上や家屋の門口で語っている姿が描かれている。江戸時代に入って、舞台で興行され、正本まで発行される時代以前の説経は、こうした門《かど》説経と呼ばれる民間芸能であった。

それらの人々は、大きな傘の下で説経を行っており、手には簓という、拍子を取る楽器が描かれている。それに、羽織を着ている姿が描かれることも多い。結果、大きな傘、簓、羽織が説経師の衣裳、出で立ちということになる。

簓について一言述べておこう。簓は竹の先を細かく割き、茶筌《ちゃせん》のようにしたもので、それを竹の棒にぶつけたり、簓同志をぶつけ合ったりして、音を出す民間楽器である。音がサラサラと鳴ることからササラと名付けられたとされる。楽器というより、拍子を取る道具といったもので、中世の田楽などでも使用されたことが知られている。この説経にしろ、田楽にしろ、民間から発生した芸能であり、そうした場面で使用される性格のものであった。この簓は、簓と棒、あるいは簓同志をたたいて演奏するのだが、演奏する様子は「簓をする」という。説経師は、その身分の低さとこの簓とから、「簓乞食」とも呼ばれた。

この「簓をする」から発生した言葉に「簓すり」がある。簓すりも、当時の説経の門付け芸をまとめて呼ぶ呼称であった。

これらの言葉には、人々の中でも最下層の人というニュアンスが存在する。物乞い同然と思われていた人々だった。

二

もともと、説経は寺院で行う説教にその源を発している。平安時代にはすでに、宮中の女房たちが、顔がよく声がよい坊さんがよい（『枕草子』）と書いているくらいだから、仏の教えを説く説教がいくばくかでも芸能性を帯びていたのであろう。

前節で少し触れたように、時代は鎌倉時代に入り、宗教が民間に向けて教えを説くようになると、説教は、踊り（「念仏踊り」などとよばれて日本各地に残る）や歌念仏（念仏を歌うように語る芸能。多くは「南無阿弥陀仏」などの簡単な言句がかたられた）のような形になり、より、芸能性が増していく。

説法の場は、謡曲の『自然居士《じねんこじ》』などに、京都東山雲居寺《うんごじ》の境内で、雲居寺造営の寄進をあおぐために、説法をしている場面が描かれる。そこには、「これは自然居士と申す説教者にて候ふが、説法の場冷まされ申す」と描かれる。今日にも続くが、仏教諸宗派では、教線拡張のために説教が行われてきたし、行われている。その中で、いわゆる「説話」が生み出されてきたことはよく知られた事実である。

また、『撰集抄』などの簓乞食は、「ささらをすった」様子があることは前節で述べたが、その説法が音曲性を持っていたことは想像される。もちろん、ここで行われた説法はどれほど、中世・江戸に出現する説経と近いものだったかは、決定できないことは再説しておく。

三

こうした歴史の中で、説経は各地の寺院の境内などで上演されるようになる。京都清水寺や大阪四天王寺などはその代表格であろう。

そうした理由で、『しんとく丸』では、

小橋《おばせ》・木《こ》の村・つかわしやま・にしてを打ち過ぎて、天王寺と、南の門にお着きある。仲光申しけるやうは、「なう、いかに若君様。今日の説法は、はや過ぎてござあるが、町《まち》お宿召されうか。又は宿坊召されうか。お好みあれ若君様」。しんとく丸は聞こし召し、「世が世の折の宿坊よ。町屋の宿と申せしは、皆人の御覧じて、笑はれうことの恥づかしや。今夜は念仏堂にて通夜申さう」。

と四天王寺で捨てられる場面が描かれたり、妻乙姫が、夫しんとく丸の後を追う場面では、

鳥羽に恋塚・秋の山、お急ぎあれば程もなく、東山清水にお着きある。清滝にお下がりあり、三十三度の垢離をとり、御前《おまえ》にお参りあり、鰐口《わにぐち》ちゃうど打ち鳴らし、「南無や大悲の観世音。承ればしんとく丸は、氏子の由承る。病平癒《へいゆう》なしたまはれ」と深く祈誓をなしたまふ。

のように、清水寺で病気平癒を祈る場面が描かれる。これらの記事は、四天王寺や清水寺で説経が語られたからこそ、ここにこうした場面が入れられたのであろう。説経はもともと、仏教の説教と結びついて発展し、寺院の境内で演じられたので、関西の有名寺院との結びつきが指摘できる。

そうしたことにより、今日現存する説経の記事は、多くが寺院の本地《ほんじ》因縁が描かれる。

この『かるかや』も、

ただいま、ときたてひろめ申し候本地は、国を申さば信濃の国、善光寺如来堂のゆんでのわきに、親子地蔵菩薩といははれておはします御本地を、あらあらときたてひろめ申すに、

で始まり、

きたに紫雲のくもたてば、にしに紫雲のくもがたつ。紫雲と紫雲がまはりあひ、たなびきあふこそめでたけれ。

> このよにてこそおなのりなくとも、もろもろの三世の諸仏、弥陀の浄土にては、おやよ兄弟ちちははよと、おなのりあるこそめでたけれ。異香薫じて、はながふり、三世の諸仏御覧じて、かやうにめでたきともがらをば、いざやほとけになし申し、末世の衆生とをがませんとおぼしめし、信濃の国善光寺、おくの御堂に、親子地蔵といははれておはします。親子地蔵の御ものがたり、かたつておさめ申す。国も富貴ところも繁盛、一念後生は大事なり。

で結ばれる。善光寺近くの寺（多分、往生寺）の親子地蔵がまつられるようになった因縁が語られている。

古い形式とされる『さんせう太夫』は「ただ今語り申す御ものがたり、国を申さば丹後の国、金焼《かなやき》地蔵の御本地を、あらあら説きたて広め申すに、これもひとたびは人間にておはします」で文章が始まる。丹後の国の金焼地蔵の本地が語られる（金焼地蔵と地元で呼ばれる地蔵は、今でも由良川畔の小さな祠にまつられる）。また、『をぐり』では、「そもそもこのものがたりの由来を、詳しく尋ぬるに、国を申さば美濃の国、安八の郡墨俣、たるいおなことの神体は正八幡なり。荒人神の御本地を、詳しく説きたて広め申すに、これもひととせ人間にてやわたらせたまふ」で始まる。文が変訛しており、詳しくは不鮮明だが、岐阜県の墨俣町にある神社の本地が語られる。

説経の内容はこのように、神社仏閣の本地因縁を語るのが古い形とされる。くどくなるので、これ以上は述べないが、それぞれの本の末尾も、『かるかや』で見たように、呼応した文章になっている。

記事の内容を神社仏閣の本地（なぜ、当地の仏がここにまつられるようになったかを語る物語）を語るものとして、説経は成立発展し江戸時代初期に繁栄期を迎えた。それぞれの話柄に登場する神社仏閣はその話の成立に大きく関わっていただろうことは、『しんとく丸』で見た、清水寺や四天王寺と同じように、深い関わりを持つのであろう。

四

説経の内容としてもう一つ語っておかなければならないのは、登場人物の身分の低さ、貧しさである。『をぐり』の主人公は、語りの中で、「餓鬼阿弥」と呼ばれている。この「餓鬼阿弥」は当時ハンセン病患者を呼ぶ呼称であったことが知られる。当時ハンセン病患者は、路傍や寺院に捨てられることがままあった賤民であった。そのほか、『さんせう太夫』の姉安寿と母親はともに、直井の浦から売られた人であり、姉は塩作りを、母は鳥追いをさせられる。これらは、当時奴隷的な身分の人であった。

そのほかにも説経には、多くの身分の低い、賤民・奴隷的な人の姿が描かれる。そうした最下層の人々を描き、そうした人たちでさえも極楽に往生することを描くのが説経のモチーフの一つだった。

聞く人々のなかに、こうした賤民が存在していたこと、少なくとも、そうした最下層の人々を常日頃目にすることが多かった、それもまた下層の人々が、こうしたものがたりの聴衆であったとは予想されるのである。最下層の人々の上の、いわば一般庶民も自宅近くの神社仏閣に信仰を持っていたであろう。説経に描かれる悲惨な境遇の人でも幸せに結びつけてくれる仏様や神さまなら、その人たちよりは少しはましな生活をしている自分たちは、より神仏に救われやすいと考えただろう。

寺院の境内で、その寺院の神仏に救われる最下層の人々の話、これが説経の世界であった。

五

江戸時代極初期、大阪で説経は傘と簓と羽織の三点セットを持つ人によって語られた。神社仏閣の因縁談を語るものとして、人気を博す。さらにこの人気を大きくしたのは、「説経与七郎」なる人物だった。今日残されている『さんせう太夫』（寛永十六年ごろ刊）の正本には「摂州東成郡生玉庄大坂天下一説経与七郎」の名が記されている。この「生玉庄」は従来、大坂（大阪）の生玉神社の境内と考えられてきたが、今日では、多くそのやや南、四天王寺の境内ではという修正意見がなされている。いずれにしても、中世の終わりに、大阪に造られた石山本願寺の門前町の一角で、古い説経は語られていたことになる。

そして、江戸時代になり、「与七郎」という人物が舞台にのぼせ、大きな人気を博したとされる。人気があったからこそ、正本も造られたのだし、説経が文献として、今日に残されたのだった。藤本箕山の『色道大鏡』（一六七八成立）には、その辺りの事情が、「説経の操は、大坂与七郎といふ者よりはじまる」と書かれる。

説経は舞台に掛けられるようになって、三味線が演奏楽器として使用されるようになったとされる。三味線が説経に取り入れられたのも、そもそも、舞台にかけられたのも、浄瑠璃の影響によるものであろう。一六〇〇年代後半になると、詞章そのものも、説経は浄瑠璃の影響を受けるようになる。

大まかに言って、江戸時代の一六〇〇年代前半が説経の京・大阪での繁栄期であった。与七郎をついで上方の説経世界を継承したのは佐渡七太夫という人物がいる。慶安から明暦期（一六四八〜一六五八）に活躍が知られ、後に大坂七太夫とも名乗り、正本も刊行している。大坂七太夫は、大阪の地で活躍していたが、年を取ってから（太夫たちの生没年は未詳だから）、時代としては、江戸中期には新興都市江戸にその活躍の場を移したと言われる。江戸では、天満八太夫と並び称せられ、説経を江戸に流行らせた。

一六〇〇年代後半には、説経は京・大阪では、語り物の人気を浄瑠璃に奪われた。ただ、京の地で、日暮《ひぐらし》八太夫《はちたゆう》一派がわずかに、四条河原などで興行を行っていたとされる。

一般には、説経は、浄瑠璃の隆盛に押され、活躍を江戸に移した。説経は、主に関東の地に生き続けることになる。現在、説経を伝統芸能として維持している地域は関東に多いこともその影響であろう。

六

普通、京・大阪で興行が行われ、正本として出版されもした説経を古説経と呼ぶ。具体的に名を上げると、『せつきやうかるかや』(本書底本。太夫未詳　寛永八〈一六三一〉年刊　しやうるりや喜右衛門板)、『さんせう太夫』(天下一説経与七郎　寛永十六〈一六三九〉年ごろ刊　さうしや長兵衛板か)、『せつきやうしんとく丸』(天下無双佐渡七太夫、正保五〈一六四八〉年刊　九兵衛板)、『せつきやうさんせう太夫』(天下一説経佐渡七太夫　明暦二〈一六五六〉年刊さうしや九兵衛板)の四本が古説経とされる。この、古説経には、説経らしい内容、詞、修辞が存在するとされる。従って、この四つの古説経こそが、いわゆる文学史で説経と呼ばれるものである。それ以降の説経は浄瑠璃の影響を受け、浄瑠璃独特の表現形式を採用するなど、説経の持つ地域性や宗教性を失っていったものであった。

説経の詞章の特徴は、「のうのう、いかに○○よ」、「○○これをごらんじて」、「あらいたわしやな○○よ」といった類型句が多いことが知られる。説経はこうした素朴な詞章の集積であるとも言えるのである。古説経では、こうした類型句がまだ強く意識され、残されているが、浄瑠璃の影響を受けるとこうした類型句が、しだいに説経の詞章から消滅していった。

七

説経は厳密に言うと江戸文学に属する、しかし、次のような事実は注目されてよい。

(A)明日ははやばやくだらばやとおぼしめし、五更に天もひらくれば、(62頁)

(B)あけ三十を一期とし、あすのひをまちかね、こよひむなしくおなりある(71頁)

右の用例は、時間表現だが、中世いや平安時代以降伝わってきた時間表現である。当時の日付変更時点は丑の刻と寅の刻の間であった(A)「明日ははやばやくだらばや」「天もひらくれば」の二つの表現が注目される。五更（午前三時~午前五時）に「天がひらく」は、午前三時になる意味で、日付が変わる時間になったと言う意味である。日付が変われば、「明日」である。

(B)の用例には、「あすのひまちかね」と「こよひむなしくおなりある」の表現がある。「あすのひまちかね」だから、明日の日にはなっていない。「こよひむなしくおなりある」の表現は「こよひ」のうちに死んだ意味である。続けると、「明日の日になるのを待つうちにこよいのうちになくなった」となる。午前三時の日付変更時点以前が「こよひ」であり、午前三時以降が「明日」である。

ここに中世につながる時間表現がまだ生きていたことになる。この文章が中世の余薫に満ちたものであることがわかる。江戸時代には「五更」という言葉もあまり使われなくなるし、「こよひ」と「あす」の関係をこのように使うことが少ないことが、この文章の中世性を示していると言える。

凡例

○本文について

一　本書は、説経の代表曲である「かるかや」を読んで味わうことを目的にしたテキストである。

二　底本には、「せつきやうかるかや」〈寛永八年刊しやうるりや喜衛門板〉（天理大学附属天理図書館蔵、天理大学附属天理図書館本翻刻第一一六一号）を用いた。

三　校合に、室町時代末絵入写本（横山重『説経正本集第二』附録三）と「かるかや道心」〈寛文初期〉（同正本集第二）を用いた。

四　底本の雰囲気を残しながら読みやすい本文にするため、次のような処理を施した。

1　字体は現行のものに、仮名遣いは歴史的仮名遣いに改めた。

2　濁点・半濁点を補った。

3　仮名には、字音語を中心に、適宜漢字をあてた。底本の表記を示す場合は注釈に記した。

4　誤読のないよう一部の漢字表記の語に読み仮名（歴史的仮名遣い）をつけた。

5　繰り返し符号の「ゝ」「〳〵」などは仮名に改めた。

6　句読点を補った。

7　会話文と思われるところには「　」をつけた。

8　コトバ・フシの節譜は省略した。

9　内容により適宜改行と段落分けを行い、段落には番号と見出しをつけた。

10　挿絵は省略した。

○注釈資料について

用いた資料のうち、略称で記したものは次のとおりである。

写本―室町時代末絵入写本　　江戸版―「かるかや道心」　　文明―文明本節用集

黒本―黒本本節用集　　運歩―運歩色葉集　　易林―易林本節用集

日葡―日葡辞書　　ロ氏文典―ロドリゲス日本大文典　　書言―和漢音釈書言字考合類大節用集

【1】繁氏は遁世を決意する

[1]ただいま、ときたてひろめ申し候本地《ほんぢ》は、国《くに》を申さば信濃《しなの》の国、[2]善《ぜん》光寺如来堂《くわうじによらいだう》のゆんでのわきに、[3]親子《おやこ》地《ぢ》蔵菩薩《ざうぼさつ》といははれておはします御本地を、あらあらときたてひろめ申すに、由来をくはしくたづね申すに、[4]これも大筑紫《おほつくし》筑前《ちくぜん》の国、[5]まつら党の総領《そうりやう》に、[6]繁氏《しげうぢ》どのの御知行《ちぎやう》は、筑後《ちくご》・筑前《ちくぜん》・肥後《ひご》・肥前《ひぜん》・大隅《おほすみ》・薩摩《さつま》六か国が御知行で、御所《ごしよ》をさへ、[7]四季をまなうでおたてある。はるははなみの御所、なつはすずみの御所、あきは月みの御所、ふゆはゆきみの御所と申して、四季をまなうでおたてあるが、ころはいつなるらん、三月は[8]当春《たうしゆん》なかばのことなるに、一家一族御一門、はなみの御会《ごくわい》とおふれある。

はなみの御会の座敷《ざしき》には、[9]たまのかんざし・こがねのみす、[10]おほづつ・たいへいをかきすゑて、[11]順《じゆん》のさかづき逆にとほり、逆のさかづき順にめぐる。そのとき繁氏どのは、酒《しゆ》を[12]たぶたぶとうけ、[13]ひかへさせ

1　説経の語り出しの型。仏菩薩のもとの姿（本地）は人間であるという考えのもと、物語が始まる。**2**　善光寺本堂。本尊は阿弥陀如来。現本堂は一八世紀初めの再建。**3**　善光寺周辺では刈萱堂往生寺と苅萱山西光寺にまつられている。

4　「これも」の下に脱文。写本は「これも一とせは、ほんふにておわしますか、国を申せは大つくし、ちくせんの国」となっている。**5**　平安中頃より肥前（佐賀・長崎県）松浦地方に割拠していた武士団の連合組織。架空のものとして「筑前」としたか。**6**　底本「しけうち」。

7　四季を模してお建てになっている。建物の四方を四季の景観に模して造り、観賞できるようにしたもの。御伽草子など中世の文学にしばしば見られる。「宮殿楼閣玉を垂れ、四節の四季をまなびつゝ甍を並べて立たるは心も言も及ばれず」（酒呑童子）。「お＋動詞連用形＋ある」は中世の特徴的な尊敬表現。

8　春の盛りの頃。「当春タウシユン」（文明）。「Tŏxun. この春、または新年」（日葡）。写本「三月上しゆん、なかは」。**9**　美しい髪、また髪飾り。列席した美しい女性をいうことで宴の華やかな様子を表している。

10　大筒・大瓶。酒を入れる。

たまひしとき、ときならぬ山おろしがそよとして、いつも寵愛《ちようあい》の、地《じ》[14]主桜《しゆざくら》と申すが、[15]もとのひらいたはなはちりもせで、すゑのつぼうだはながひとふさちつて、このはなよそへもちらずして、繁氏どののさかづきのなかにちりいつて、[16]ひとせとふたせと、三めぐりまでめぐつたり。

繁氏さとりの人なれば、まづ、このはなを観《くはん》[17]じたまふ。はなだにも、さかりをまたでちるときは、[18]老少不定《らうせうふぢやう》はまのまへとおぼしめし、「[19]いかに御一門に申すべし。それがしにはいとまたまはれ御一門。[20]遁世《とんぜい》修行《しゆぎやう》」とのたまふなり。

御[21]一門はきこしめし、「はなみの御会の座敷にて、はなのちつたが不足かの。おとまりあれや繁氏どの」。繁氏このよしきこしめし、「はなも[22]順義《じゆんぎ》をちるならば、すゑのつぼうだはなは木にとまり、ひらいたはなのちるときこそ、それは順義のちりやうよ。ひらいたはなは木に

11 酒を回し飲みする様子。酒宴の始めに行う習慣か。「吉次世にありがほなる風情にて、順の盃下し、ぎやくの盃とばせければ其後はさかもりになる」（烏帽子折）。 12 底本「たふ〳〵と」。「Tabutabuto」（日葡）。
13 杯を手元にお引きになった時。
14 桜の一品種。京都地主神社の地主権現桜を指すことが多い。
15 枝本の開いた花は散らず、枝先のまだ開いていない花が散って。
16 一回り二回りの意か。
17 底本「かんしたまふ」。じっと観て真理を悟った。
18 老いた者が先に死に、若い者が後に死ぬとは限らないこと。二十一歳の繁氏は寿命の定かでないことを自らの問題として捉えた。
19 慣用的な呼びかけ表現。
20 出家して仏道修行に励むこと。「Tonxei／tonjei」（日葡）。
21 「〜きこしめし」「〜このよしきこしめし」は「〜は（誰かのことばを）きいて」の意の慣用表現。
22 順序を守って散るというならば。「順義ジユンギ」（書言）。

とまり、つぼうだはなのちるときは、老少不定はまのまへなり」。

御一門はきこしめし、「六か国が御知行で、八万騎の大将で、なにが不足で遁世とはのたまふぞ。それ[23]なにがしの遁世は、わが御知行を、まさる武士《ぶし》に[24]ばいとられ、みのおきかたのないときにこそ、遁世修行ときいてあり」。繁氏きこしめし、「わが御知行を、まさる武士にばいとられ、[25]みのたたずみのなきときの遁世は、[26]みすぎよすみのためぢやもの、栄《え》耀《えう》有徳《とく》をふりすてて、遁世するこそ[27]のちのよの、後生《ごしやう》のたねではあるまいか。[28]なにとおとめあるとも、おもひきつたる繁氏を、とまるまい」と、御意《ぎよい》あつて、ゐたる座敷を[29]ずんどたち、持仏堂《ぢぶつだう》におうつりある。

【2】 御台は翻意を乞う

このことが[1]きたの御かたにもれきこえ、三つになる千代鶴姫《ちよつるひめ》を、め

23　名前をぼかして貴人を指す。
24　奪い取られ。ウバウ（奪）の語頭母音ウが脱落した形。
25　身を落ちつける所。「Tatazumi」（日葡）。
26　「みすぎよすぎ」の誤りか。写本「身すぎ世すぎ」。生活。世渡りの手段。
27　来世で得られる安楽のもと。「後の世」「後生」は同義。
28　心を決めたこの繁氏を、どのようにお止めになっても、止まることはない。
29　すっくと立ち上がる様子。「Zundo」（ロ氏大文典）。「童子が受けたる盃を綱は此よし見るよりも、ずんど立つてぞ舞ふたりける」（酒呑童子）。
1　貴人の妻。後出の「御台（所）」も同意。

のとにいだかせ、うすぎぬとつてかみにおき、わたり廊下をはやすぎて、繁氏《しげうぢ》どののすみなれたまふ、持仏堂《ぢぶつだう》にまゐり、あひの障子をさらりとあけ、繁氏どのの御すがた、みあげみおろしめされ[2]てに、[3]とかくものをば御意《ぎよい》なうて、まづさめざめとおなきある。「いかにわがつまに申すべき。うけたまはればこんにちの、はなみの御会《ごくわい》の座敷《ざしき》にて、はなのちつたを御覧《ごらん》じて、遁世修行《とんぜいしゆぎやう》のよしをうけたまはる。はなみの御会の座敷にて、はなのちつたが不足かなう。おとまりあれや繁氏どの」。繁氏このよしきこしめし、「御一門のおとめあつてもとまらぬ繁氏を、なにとおとめあるとも、とまるまい」と御意ある。

御台《みだい》はこのよしきこしめし、「いま申さうか、申すまいかとおもへども、いま申さでは、いつのよにかは申すべき。はづかしき申しごとでは[4]ござあれども、繁氏どのは二十一、みづからは十九なり。[5]嫡子《ちやくし》に千代鶴三つになる。をんなのやくとて、をつとの[6]不浄《ふじやう》をうけとつて、

2　接続助詞「て」に間投助詞「に」を下接させた形式で、現代語の「〜てね」に近い。説経でよく用いられる。

3　とにかく何もおっしゃらないで。

4　「ござある」は「ある」の丁寧表現で、ございますの意。

5　ここは嫡女のこと。

6　底本「ふせう」。「不浄」（清浄でないもの）とすると、両眼・両耳・鼻孔・口・前後の陰部の九つの穴（九竅（きゅうきょう））から出る汚いもので、ここは精液か。「不請」の考えもある。

胎内《たいない》に七月半にまかりなる、[7]みづこをうけとり申したよ。[8]ながきよの遁世を、おとまりないものならば、三月たたうはやすいこと。三月たつて、[9]みも二つになるならば、めのとにあづけおき申し、御みはいかなる山でらにもとりこもり、念仏申してましまさば、みづからも[10]たかのふもとにまゐり、[11]しばのいほりをむすびあげ、[12]比丘《びく》のすがたとさまをかへ、月に一度の、[13]あかなれしころもをも、すすぎあげてまゐらすべし、繁氏いかに」とおとめある。

【3】繁氏が屋形を出る

繁氏《しげうぢ》このよしきこしめし、[1]蛇身《じやしん》とかいてをんなとよむ。理非《りひ》のわからぬをんなと問答《もんだう》は、をつとの[2]僻案《へきあん》とおぼしめし、やすやすの[3]領掌《りやうじやう》なり。御台所《みだいどころ》は、御一門のおとめあつたれども、おとまりないわがつまの、みづからがまゐり、胎内《たいない》のみづこがことを申してあれば、おとま

7　底本「みつこ」。「若子ミヅゴ」（文明・易林）。写本「みどりご」。ここでは胎児の意。
8　この先の長い生涯を仏門に入り暮らすこと。
9　出産する。「この程過ごして、身二つと成りなばと思ひてぞゐたる」（とはずがたり・二）。
10　写本「かうやのふもと」。ここは「たかののふもと」で「の」が一つ脱落したか。
11　柴で屋根をふいた小屋。粗末な家をいう。
12　「比丘」は男子の出家修行者。ここは「比丘尼」のこと。
13　垢でよごれた。「是なる小袖あかなれて見苦しく候へども」（小袖乞）。

1　底本「しやしん」。道成寺・現在七面を始め各地伝承に、女が蛇に、蛇が女に姿を変える話は多い。「蛇身ジヤシン」（易林・書言）。
2　愚かしい振る舞い。「僻案ヘキアン」（文明・易林）。
3　底本「りやうしやう」。「領掌リヤウシヤウ」（運歩・易林）。「Riŏjŏ」（日葡）。承知すること。

りあつたうれしやな。明日《みやうにち》になるならば、筑紫大名《つくしだいみやう》さしあつめ、ながきよの遁世《とんぜい》を、とめうものとおぼしめし、御よろこびはかぎりもなし。

繁氏は、あの御台が三月と申しとめおいたりとも、筑紫大名さしあつめ、ながきよの遁世とめうは[4]一定《いちぢやう》なり。とまれば[5]後生菩提《ごしやうぼだい》がかくる、とまらねば[6]繁氏が不足なり。ときもいるまい日もいるまい、あめのふらぬを[7]吉日《きちにち》と、料紙《れうし》・すずりをとりいだし、ふみこまごまとおかきある。「いかに御台に申すべし。[8]かはる心がないぞとよ。かはる心のあるにこそ、ふかきうらみはめされうずれ。このよの縁《えん》こそうすくとも、またこそ弥陀《みだ》の浄土《じやうど》にてめぐりあはう」とおかきある。「胎内の七月半にまかりなる[9]みどりこは、うまれ[10]成人《せいじん》するならば、男子《なんし》にてあるならば、なをば[11]石童丸《いしどうまる》とおつけあつて、[12]出家《しゆつけ》に[13]ないてたまはれよ。女子《によし》にてあるならば、それは御台の[14]ともかくも。かへすがへすも御台所に、このよの縁こそうすくとも、弥陀の浄土にて、[15]おなじはちすの縁とな

4 間違いない、確かなこと。**5** 来世の幸福を失うことになる。**6** 自分の至らなさとなる。人から見ると繁氏の遁世は理解しがたい行動で、まったく分別を欠いていると思われるということ。**7** 「Qichinichi」(日葡)。**8** 御台に対する心変わり。**9** 底本「みとりこ」。先出の「みづこ」と同じく胎児の意。近世初めまで四拍目は清音でミドリコ。「Midorico」(日葡)。「嬰子／稚子ミドリコ」(易林)。**10** 成長するならば。**11** 底本「いしとうまる」。**12** 底本「しゆけ」。**13** 「なして」のイ音便形。**14** どのようにでも。「せめて一夜なりとも逢ひ申、其後はともかくもと存候て」(三人法師)。**15** 一蓮托生の縁。**16** 底本「ふみのみよ」。ここの「の」は対象を示す「を」に通じる用法か。「あらいたわしや、さよひめは、母のあたりに近付て、今はなにをかつゝむべき、水からは身のうりて、あき人の手にわたり、いつく共、しらぬくにへまいる也」(江戸版まつら長者・二)。**17** 底本「へんし」。「片時ヘンシ」(文明・易林)。「Fenxi」(日葡)。少しの間。**18** 刀。**19** 底本「とうと」。「Tôdo」(日葡)。しっかりと。ちゃんと。**20** 「Aburafi」(日葡)。油火。

らう」とかきとどめ、鬢《びん》のかみをひとふさきり、[16]ふみのみよ、とおぼしめし、[17]片時《へんし》もおはなしない、[18]おこしのものとおきぶみとを、持仏堂《ぢぶつだう》に[19]とうどおき、[20]あぶらひすこしかきたてて、[21]あてもならはせたまはぬ、[22]ごんずわらんぢしめはいて、[23]たまのやかたを、よはにまぎれて、しのびいでさせたまふなり。

【4】都をめざす

[1]苅萱《かるかや》の荘《しやう》をはやすぎて、[2]芦屋《あしや》の山崎《やまざき》、博多《はかた》の宿《しゆく》、[3]小松《こまつ》が浦よりをぶねにめされ、[4]赤間《あかま》が関におつきある。[5]長門《ながと》の国府《こふ》はあれかとよ、うちながめ、安芸《あき》の国にいりぬれば、厳島《いつくしま》の弁才天《べんざいてん》、[6]そなたばかりとふしをがみ、備後《びんご》・備中《びつちゆう》はやすぎて、備前《びぜん》の国にいりぬれば、あらおもしろの[7]長船《おさふね》や。伊部《いんべ》・[8]かうかをはやすぎて、播磨《はりま》の国にいりぬれば、仏法《ぶつぽふ》ここに[9]くろもとの宿《しゆく》、御着《ごちやく》・[10]かけかははやすぎて、ひかりはささ

21　足にあてることすら馴れていらっしゃらない。
22　江戸語。「江戸にて云、ごんずわらぢを　関西にて、あとづけざうりといふ　九州にて、むしやざうりといふ　小児のはく物也」(物類称呼)。
23　すばらしい、立派な屋敷。

1　福岡県太宰府市の苅萱の関があったという辺りの荘名。以下、京都清水寺までの道程を記す道行。2　遠賀郡芦屋町。「山崎」は未詳。地理的には博多、芦屋の順。3　未詳。関門海峡を渡るので北九州市門司区北部辺り。4　山口県下関市の古名。ここから山陽道を進む。5　下関市長府。6　「ばかり」はおおよその範囲。あの辺り。7　岡山県瀬戸内市長船町。底本は「御さふね」で御座船(ござふね)と掛けたか。8　未詳。伊部から播磨に入るまでに、種々の道中記では片上(かたかみ)の名が見える。「かうかを」の四文字で地名か。9　未詳。仏法と関わりがある宿か。御着までに鵤(いかるが)宿(揖保郡太子町鵤)があり、聖徳太子開基と伝わる斑鳩寺がある。10　未詳。「其の名ばかりが高砂の、尾上の松と打ち眺め、君に頼みを掛川の、西方浄土は近きやらん」(景清)。加古川か。

ねど阿弥陀《あみだ》[11]が宿、明石《あかし》といへどよるくらし、心ぼそいぞ須磨《すま》の浦、兵庫にはやくおつきある。雀《すずめ》[12]が松原・御影《みかげ》の森、西宮《にしのみや》におつきある。さきをいづくとおとひある。かんこ[13]すぐれば宇野辺《うのべ》[14]の町、しばしはここに太田《おほた》[15]の宿。用はなけれどようじ[16]川。あらむつかし[17]の宿のなや、ちりかきながす芥川《あくたがは》、まだよもふかや高槻《たかつき》や、山崎に宝寺《たからでら》[18]、さきをいづくとおとひある。むかひに峨々《がが》とそびえたは、八幡正《はちまんしやう》八幡《はちまん》とふしをがみ、ふねにのらねど久我《こが》[19]畷《なはて》、東寺《とうじ》[20]の門や羅城門《らしやうもん》、羅城門はあれはてて、いしずゐばかりやのこるらん。五条のはしを、しどろもどろ[21]とうちわたり、おいそぎあればほどもなく、ひかずをつもりて、三十九日と申すには、東山《ひがしやま》にきこえたる、坂[22]の清水《しみづ》におつきある。

11 高砂市阿弥陀町。阿弥陀如来は現世を照らす光の仏。地理的には、御着、阿弥陀が宿、（加古川）、明石の順。 **12** 神戸市東灘区の住吉川西側の浜辺にあった松原。石屋川東側にあった御影の森とは隣接するようにあり、一帯が景勝地であった。

13 未詳。 **14** 大阪府茨木市宇野辺。西国街道から南へ四キロほど。亀山街道から高槻へ向かう街道の分岐点であった。

15 茨木市太田。 **16** 未詳。太田を過ぎて芥川までに如是（にょぜ）川（女瀬川）がある。当時の発音はニョジェガワか。

17 面倒な宿の名。未詳。芥川までには、かつての地方中央官庁（郡衙（ぐんが））に由来する郡家村があった。また、江戸時代の地図には宿名（しゅくめ）村が見える。

18 宝積寺。 **19** 大山崎町から北東の久我森の宮町にかけて作られた直線の道。桂川右岸に通じ、桂川を渡り都へ入った。「漕（こ）が」とかけてある。

20 教王護国寺。南大門の西四百メートルほどのところに羅城門があったとされる。唐橋花園公園に羅城門遺址がある。

21 よろよろとした足つきで。「Xidoromodoro ni（シドロモドロニ）アユム」（日葡）。

22 清水坂か。松原通の東大路通から東側。清水寺へと続く。写本「はなのみやこは、ひかし山、さかのきよ水てらゐと、おつきある」。

1 清水寺奥の院南側の滝。古来、清めの水として尊ばれた。清水寺の寺名はこの滝の清泉にちなむ。
2 物が勢いよくぶつかる音やその様子を表す。「Chŏdo」（日葡）。
3 清水寺の本尊である十一面千手観音。
4 「神に勘気は」か。神のお咎めを受けるだろう。底本「かうふる」であるがカウムルと読んだか。「Canqiuo cōmuru」（日葡）。天草版伊曽保物語・ロ氏大文典・節用集などに「カウムル」。写本「しんりよも、にくませたまふへし」。
5 底本「ほつし」。「foxxi」（ロ氏大文典）。法師になることだけを祈請する。
6 著名な社寺等をあげる都案内は幸若舞「文覚」「敦盛」にも見える。
7 賀茂御祖神社（かもみおやじんじゃ）（下鴨神社）境内の御手洗社。
8 六波羅蜜寺。

【5】法然上人をたずねる

繁氏《しげうぢ》は[1]音羽《おとは》が滝にさがり、うがひ・てうづでみをきよめ、礼堂《らいだう》におまゐりあつて、鰐口《わにぐち》[2]ちやうどうちならし、「南無《なむ》や大慈大悲《だいじだいひ》の[3]観世音《くわんぜおん》、楽《らく》のうえに福、福のうえに徳をも申すにこそ、[4]しんにかうきはかうふるべき、遁世者《とんぜいしや》の、すゑをとげさせてたまはれ」と、[5]法師《ほつし》ばかりとふしをがみ、勧進《くわんじん》ひじりにちかづきて、「いかに勧進ひじり。みやこにて霊仏霊社《れいぶつれいしや》を、をしへてたまはれ御ひじりさま」。御ひじりこのよしきこしめし、「こなたへ御《おん》いり候へ」とて、西門《さいもん》に御とも申す。「あれあれ、御覧《ごらん》候へ。[6]にしにはるかにたかき御山愛宕《おやまあたご》の御山、ふもとは嵯《さ》峨《が》、法輪寺《ほふりんじ》、太秦寺《うづまさでら》。こなたなるは松の尾七社の大明神《だいみやうじん》、新熊《いまくま》六社の大明神、御霊《ごりやう》八社の大明神。こなたなるは、北野に南無や天満《てんま》大自《だいじ》在天《ざいてん》神。きたにはるかにみえたるは、鞍馬《くらま》の大悲多聞天《だいひたもんてん》、[7]賀茂《かも》御手洗《みたらし》、貴船《きぶね》の明神。みやこの城《じやう》にいつては、経書堂《きやうかくだう》に、[8]六波羅《ろくはら》、誓《せい》願寺《ぐわんじ》あれにてある。東山《ひがしやま》にあたつては、祇園《ぎをん》[9]、清水《きよみづ》、三十三間《さんじふさんげん》、東福寺《とうふくじ》。これこそみやこの霊仏霊社なれ。をがうでとほらい[10]、わかさぶらひ[11]」。

繁氏きこしめし、「それはみやこの地神社《じじんやしろ》[12]のこと、五山候か[13]、十山かをしへてたまはれ」。勧進ひじりはきこしめし、「それがしがごとくなるもとゆひぎりには、かなにもの御意《ぎよい》ござあれ[14]」。繁氏きこしめし、「それがしがごとくなる大俗人《だいぞくじん》[15]が、かみをそつて出家《しゆつけ》になるらんてらのあるか、をしへてたまはれ」となり。御ひじりきこしめし、「それこそござあれ。比叡《ひえい》の山西塔北谷《さいたふきただに》に、法然御上人《ほふねんおしやうにん》と申すは、大原《おはら》の里のふるやをたのみ、百日の大原問答[16]めされてに、これよりも東山にわけいつて、新規《しんき》にてらをおたてあるによつて、てらのちかうまで、新《しん》[17]黒谷《くろだに》と申すなり。後生真最中《ごしやうまつさいちう》[18]のことなれば、これにおまゐり候てに、出家におなりあれ」と申す。

9 八坂神社。
10 通りなさいよ。「動詞未然形＋い・さい」は指示・命令表現。親しみの気持ちを含むことが多い。
11 「vacasaburai」(日葡)。
12 底本「ちゝんやしろ」。その土地の神をまつった社。写本「まいりしゆしやうの御てら」。
13 底本「五さん候か十さんかを」。五山は京都五山の天龍寺・相国寺・建仁寺・東福寺・万寿寺で最高位の寺格。それに次ぐ十大寺が十刹(じっせつ)。五山十刹と併称されることが多い。「十山」は十刹のことか。
14 分かるよう易しくおっしゃってください。「Caniiyu.(仮名に言ふ)皆の人がわかるようにやさしく話す」(日葡)。
15 底本「大そくしん」。純粋に世俗の人。俗人を強めた言い方。「Daizocu. 俗人、または、非常に世俗的な人」「Zocujin. 俗人」(日葡)。
16 文治二年(一一八六)、法然は勝林院(京都市左京区大原)で、奈良の学僧、顕真・証真・明遍などを相手に浄土念仏の教理について論議し、聞く者を感服させた。これを大原問答(大原談義)という。「百日」とあるのは問答以前に顕真が大原にこもっていた期間で、問答の期間ではない。

繁氏きこしめし、「[19]とてものことに、みちををしへてたまはれ」とあれば、「[20]祇園林の山はづれ、粟田《あはた》口《ぐち》を、まづきたへとおいそぎあるならば、黒谷におつきあらうは一定《いちぢやう》なり」。繁氏きこしめされて、「あれにてかみをそり、出家をとぐるものならば、かさねて御礼にまゐらう」と、いとまごひをめされて、清水坂をはやくだり、轟《とどろき》[21]をうちわたり、祇園林の山はづれ、粟田口をはやすぎて、黒谷にこそおつきある。

17　比叡山黒谷を本黒谷と呼ぶのに対して、下山後、住したとされる左京区黒谷の金戒光明寺の辺りを新黒谷と呼んだ。
18　人々の極楽往生を願い、さかんに徳行を積んでいらっしゃるところなので。
19　いっそのこと。
20　八坂神社境内の森またはその付近の山林。
21　清水坂中腹を折れて三年坂を下ったところにあった轟の橋。「轟橋　清水三町目三年坂の下にあり。轟川の下流に架設す。幅二間長一間なり。石造とす。古来有名なり。」（京都坊目誌・下京・第二十二学区之部）。

【6】出家を頼みこむ

御上人《おしやうにん》の御めにかかり、「[1]十念をさづかつて、とてものことに、それがしがかみをそつて、出家《しゆつけ》にないてたまはれ」との御諚《ごぢやう》なり。法然《ほふねん》きこしめされて、「門外に遁世者禁制《とんぜいしやきんぜい》[2]と、ふだをたてたによつて、かみをばそらぬ」と御意《ぎよい》あれば、繁氏きこしめされて、「なにとて極楽[3]の大門《だいもん》に、遁世者禁制とはござあるぞ。それがしが国でうけたまはる

1　僧が六字名号（南無阿弥陀仏）を十回唱えて、信者に阿弥陀仏との縁を結ばせること。
2　底本「とんせいしやきんせい」。「Tonjeija」「Qinjei」（日葡）。
3　出家への入口となる寺の総門。

は、みやこは洛下《らくか》洛外《らくぐわい》[4]とて、ひろいみやこのことなれば、みちとほる大俗人《だいぞくじん》をも、おさへてかみをそつてこそ、ひろいみやこと申すべき。このてらにてかみをおそりなくとも、ふたたび国にくだるにこそ、この門外をもいでるにこそ。門の唐居敷《からゐしき》[5]を御座《ござ》のまとし、とびらを屏風《びやうぶ》とさだめて、五日十日も、みづ・食事をたつて、ひじにつかまつり、そののち御上人の御みみにいり、引導《いんだう》[6]おわたしあらうは一定《いちぢやう》なり。いそぎそらるるも、死してそらるるも、[7]そられはばおなじもの。[8]出家出家によらず、俗俗によらず」とおもひきり、万死《ばんし》[9]をかけておふしある。

みやこ道者《だうしや》[10]はこのよし御覧じて、「これなるわかさぶらひは、きのふもこれにおふしあるが、こんにちもおふしあるよ。なんの所望《しよまう》がか[11]なはいで、おふしある」とのおほせなり。繁氏きこしめし、「それがしはくさふかき遠国《をんごく》のものなるが、かみをそつて、出家にないてたまはれと申せば、かみをばそるまいと御意あるほどに、さてこそこれに

4　底本「らつくわらくくわい」。
5　門の柱の下に四角の石を敷き詰めたもの。石畳。
6　死者を葬る前に、僧が棺の前で悟りが開けるように経文・法語を唱えること。
7　剃られるのなら同じこと。「は」は誤入か。
8　出家・俗ともその見た目によるものではないの意か。
9　底本「はんし」。命をかけて。
10　「万死バンシ」（書言）。都の神仏を参拝に来た巡拝者。
11　かなわないで。「いで」は活用語未然形をうけ打消を表す。

ふしてある」との御諚なり、みやこ道者がこれをきき、法然の御まへにて、このことかくとおかたりある。

御上人はきこしめし、繁氏を御まへにめされ、「いかにわかさぶらひに申すべき。御みのかみをそるまいではないが、御みのやうなわかさぶらひが、おやの勘当《かんだう》、主《しゅう》の無興《ぶきよう》[12]をえて、このてらにまゐりかみをそつて、五日十日は出家をとぐるが、おやがたづぬる、妻子《さいし》がたづぬるとて、ふたたび還俗《げんぞく》[13]めさるれば、そつたる上人もそられたる人も、阿鼻《あび》・無間《むけん》[14]におつるによつて、さてこそ門外に、遁世者禁制とのふだをうつたるぞよ。御みも国もとよりも、おやがたづねてまゐるとも、こがたづねてまゐるとも、あふまいみまい、ふたたび還俗申すまいと、大誓文《だいせいもん》[15]をおたてあれ。かみをばやすくそつてまゐらせう」との御諚なり。

12 底本「ふけう」。「無興ブキヨウ」(文明)。「無興ブケウ」(易林)。主君の勘気をこうむること。

13 底本「けんそく」。「Guenzocu」(日葡)。一度僧籍に入った者が元の俗人に戻ること。

14 「阿鼻」「無間」ともに現世で大罪を犯した者が落ちる最も苦しみの激しい地獄。「Abigigocu」「Mu-quengigocu」(日葡)。

15 自分の言動に偽りのないことを神仏に対して誓うこと。また、そのことば。

【7】大誓文をたてる

繁氏《しげうぢ》きこしめし、おなさけなの[1]御上人《おしやうにん》のおほせやな。きのふにもとく御意《ぎよい》はござなうて。大誓文《だいせいもん》をたててなりとも、かみをそらうとおぼしめし、繁氏はゆどのにおりて、[2]二十一度の垢離《こり》をとつてみをきよめ、誓文の壇にこそおあがりある。

「南無《なむ》や[3]筑紫《つくし》の宇佐八幡《うさはちまん》、国もとにありしそのときは、[4]ゆみやの冥加《みやうが》、国をゆたかにおまぼりあれと申したを、こんにちよりひきかへて、遁世者《とんぜいしや》の、すゑをとげさせてたまはれとをがむなり。[5]謹上散供再拝《きんじやうさんごさいはい》、うやまつて申す。[6]かみをはじめ申すに、[7]上には梵天《ぼんてん》、帝釈《たいしやく》、四大天王、五道《ごだう》の冥官《みやうくわん》、大神《だいじん》に泰山府君《たいさんぶくん》。[8]下界《げかい》の地にて、伊勢《いせ》は神明天照皇大神宮《しんめいてんせうくわうたいじんぐう》、外宮が四十末社、[9]百二十末社の御神、ただいまの誓文におろしたてまつる。[10]伊賀《いが》の国に一宮《いつきゆう》大明神、熊野《くまの》に三つの御山《おやま》、新宮《しんぐう》は薬師《やくし》、本宮《ほんぐう》は阿弥陀《あみだ》、那智《なち》は飛滝《ひりよう》

1 「お＋形容詞語幹＋の」で連体修飾語。感動表現の中で使われることが多い。

2 神仏に祈願する時に、冷水などを浴びて罪や汚れを洗い落とし心身を清浄にすること。「湯垢離七度、水垢離七度、潮垢離七度、二十一度の垢離をとつて」（説経さんせう太夫）。

3 冒頭に出身地の神に拝む。宇佐八幡宮。

4 弓矢に対する神仏の加護。武運。

5 神仏に礼拝し誓願をたてる時の形式句。

6 上界（天上界）から始める。後の「下界」と対。

7 対になるべき「下には」が抜けている。「上に梵天帝釈、下には四大天王、閻魔法王、五道の冥官、大じんに泰山府君」（説経さんせう太夫）。

8 下界の神仏（社寺）を伊勢神宮から始め、近畿地方にかけて挙げる。

9 内宮八十末社が抜けている。写本「下宮が四十末社、内宮が八十末社、両宮合わせ百二十末社の御神」。

10 列挙の神仏は次のとおり。敢国神社、熊野本宮・新宮・那智の三社、神倉神社、湯の峰虚空蔵（未詳）、天河神社、大峰山八大童子、金剛峯寺、金峯山寺・吉野水分神社・勝手神社・

権現、滝本《たきのもと》に千手観 音《せんじゆくわんおん》、神の倉に龍蔵《りゆうざう》権現、湯の峰に虚空蔵《こくうざう》、天《てん》の川に弁才天《べんざいてん》、大嶺《おほみね》に八大金剛《はちだいこんがう》、高野に弘法大師《こうぼふだいし》、吉野に蔵王権現《ざわうごんげん》・子《こ》守《もり》・勝手《かつて》・三十八社の大明神、多武《たふ》の峰に大織 冠《たいしよくくわん》、長谷《はせ》に十一面観音、三輪《みわ》の明神、布留《ふる》は六社の牛頭《ごづ》天王、奈良は七堂大伽藍《だいがらん》、春日《かすが》は四社の大明神、木津《きづ》の天神、宇治に神明《しんめい》、藤の森の牛頭天王、八幡《やはた》は正八《しやうはち》幡《まん》大菩薩、愛宕《あたご》は地蔵菩薩、ふもとに三国一《さんごくいち》の釈迦如来、梅の宮、松の尾の大明神、北野《きたの》に天神、鞍馬《くらま》に大悲多聞天《だいひたもんてん》、祇園《ぎをん》は三社の牛頭天王、比叡《ひえい》の山の伝教《でんげう》大師、中堂《ちゆうだう》に薬師、ふもとに山王《さんわう》二十一社、うちおろしに白髭《しらひげ》の大明神、うみのうへには竹生島《ちくぶじま》の弁才天、近江《あふみ》の国にはやらせたまふはお多賀《たが》の明神。

美濃《みの》[11]の国になかへの天王、尾張《をはり》の国に津島《つしま》の祇園《ぎをん》、熱田《あつた》の大明神、三河《みかは》の国に矢作《やはぎ》の天王、遠江《とほたうみ》に牛頭天王、駿河《するが》の国に富士権現、信濃《しなの》の国に諏訪《すは》の明神、戸隠《とがくし》の大明神、甲斐《かひ》の国に一宮《いつきゆう》の大明神、伊豆の

三十八所明神、談山神社、長谷寺、大神神社、石上神宮、興福寺、春日大社、岡田国神社、神明神社、藤森神社、石清水八幡宮、愛宕神社、清凉寺、梅宮大社、松尾大社、北野天満宮、鞍馬寺、八坂神社、延暦寺、日吉大社、白鬚神社、都久夫須麻神社、多賀大社。

11　中部・東海地方の神仏。なかへの天王（未詳）、津島神社、熱田神宮、矢作神社、遠江の牛頭天王（未詳）、浅間大社、諏訪大社、戸隠神社、浅間神社、三嶋大社、箱根神社。

国に三島の権現、相模《さがみ》の国に箱根の権現。

[12]関東に、鹿島《かしま》・香取《かんどり》・息栖《うきす》の大明神、出羽《では》の国に羽黒《はぐろ》の権現、奥州《あうしう》に塩釜《しほがま》六社の大明神、越後《ゑちご》の国に蔵王権現、越中《ゑつちゆう》に立山《たてやま》権現、能登《のと》に石動《いするぎ》の大明神、加賀《かが》に白山《しらやま》権現、越前《ゑちぜん》に御霊《ごりやう》の宮、若狭《わかさ》に小浜《をばま》の八幡、丹後《たんご》に切戸《きれと》の文殊、あかりか明神、但馬《たぢま》に一の宮の大明神、丹波《たんば》に大原《おばら》の八王子。

[13]津の国に昼神《ひるがみ》の天神、西宮《にしのみや》の若恵比寿《わかえびす》、河内《かはち》の国に、恩地《おんぢ》枚岡《ひらをか》の大明神、誉田《こんだ》の八幡、天王寺は聖徳太子・十五社の大明神、住吉四社の大明神、堺に三つのむらの大明神、和泉の国に大鳥《おほとり》五社の大明神、紀《き》伊《い》の国に淡島《あはしま》権現、淡路島に、千光寺《せんくわうじ》はよのはじまり、十一面観音、諭鶴羽《ゆづりは》の大明神。

[14]四国にいりて、阿波《あは》につるが峰の大明神、土佐《とさ》に御船《みふね》の大明神、伊予につばきのもりの大明神、讃岐《さぬき》の国に志度《しど》の道場、筑紫《つくし》の御地《おんち》にい

12 関東・東北・北陸・近畿北部地方の神仏。鹿島神宮・香取神宮・息栖神社、出羽神社、塩釜神社、金峯神社、雄山神社、伊須流岐比古神社、白山比咩神社、御霊神社、小浜八幡神社、智恩寺、あかりか明神(未詳)、出石神社または粟鹿神社、大原神社。

13 近畿地方の神仏。上宮天満宮、西宮神社、恩地神社・枚岡神社、誉田八幡宮、四天王寺、住吉大社、開口神社、大鳥大社、淡嶋神社、先山千光寺、浄土寺、諭鶴羽神社。

14 四国・九州地方の神仏。剣神社か、土佐神社、伊予豆比古命神社、志度寺、宇佐神宮・羅漢寺、くもひくひほ天王(未詳)、阿蘇神社、志賀海神社、太宰府天満宮、鵜戸神宮、霧島神宮、温泉神社。

りて、宇佐《うさ》・羅漢《らかん》、くもひくひほ天王、阿蘇《あそ》の御岳《おんたけ》、志賀《しが》、宰府《さいふ》、鵜《う》戸《ど》、霧島《きりしま》、高来《たかく》の温泉《うんぜん》、勧請申す。

[15]播磨《はりま》の国に、一に神戸《かんべ》、二に八幡《やはた》、三に酒見《さかみ》の北条寺《ほうでうじ》、室《むろ》の大明神、備前《びぜん》に吉備津宮《きびつのみや》、備後《びんご》にも吉備津宮、[16]三か国の守護神、勧請申す。伯《はう》耆《き》に大山《だいせん》地蔵権現、出雲《いづも》の国に大社《おほやしろ》、[17]神のちちは田中の御前《ごんぜん》。

総じて山には木霊《こだま》、いしにはほてん、うみに八大《はったい》竜王、かはには水《すい》神《じん》、人のやのうちにいりて、七十二社の宅《やけ》の御神《おんかみ》、二十五王の土居《どゐ》の竈《へっつい》、みちのはたの道陸神《だうろくじん》までも、ただいまの誓文におろし、勧請申す。

それがしがことは申すにおよばず、一家一門、[18]一世《いっせ》の父母《ぶも》にいたるまで、無間《むげん》・三悪道《さんなくだう》におとし、国もとよりおやがたづねてまゐる、妻子《さいし》がたづねてまゐるとも、ふたたび[19]見参《けんざう》申すまじ。ただ[20]独身《どくしん》のもののことなれば、ひらさらかみをそつて、出家にないてたまはれ」と、大誓文をおたてあるは、みのけもよだつばかりなり。

15　近畿西部・中国地方の神仏。生田神社、八幡（未詳）、酒見寺、賀茂神社、吉備津彦神社、吉備津神社、大山寺、出雲大社、田中神社（佐太神社摂社）。

16　「三か国」は備前・備中・備後で、ここでは備中が抜けている。

17　写本「かみのちゝは、さどうの明神、かみのはゝは、たなかのごぜん」。

18　現世限りの縁である父母。

19　底本「けんそう」。面会すること。「見参ゲンサン」（文明）。「Guen-zan／Guenzô」（日葡）。

20　底本「とくしん」。「独身ドクシン」（文明）。30頁に「おやも妻子もござない」とある。あるいは「得心」「篤信」か。

御上人はきこしめし、「ちかごろ殊勝《しゆしよう》なり、わかさぶらひ。かみをそつてまゐらせん」とて、[21]半挿《はんざふ》に御ゆをとり、[22]よくあか・煩悩《ぼんなう》のあかをすすいで、[23]四《し》方《はう》浄土とそりこぼす。「いかにわかさぶらひ。かみをそるうへは、故郷《こきやう》国もとを[24]なのるぞよ。国はいづくの人なるぞ」。繁氏きこしめされ、「国を申さば筑前の国、荘《しやう》を申さば苅萱《かるかや》の荘」とおこたへある。「[25]その儀にてあるならば、御みのなをば苅萱道心《だうしん》とつくるぞよ」。道心におわたしあるものとては、ふるきころもにふる袈裟《げさ》をおわたしあつて、「いかに苅萱に申すべき。[26]五《ご》戒《かい》の文《もん》をさづかるが大事ぞよ。それ出家は、人のさかゆるをもうらやまず、おとろふるをもかなしまぬが、出家ぞよ」。[27]ゆふべはほしをいただき、あしたにはきりをはらい、御上人への御奉公は、黒谷《くろだに》に御弟子《おでし》おほけれども、苅萱は一の御弟子ときこえたり。

21 底本「はんさう」。湯・水を注ぐための器。
22 底本「よくはかほんなう」。「欲垢煩悩ヨクアカボンナウ」（文明）。欲心や煩悩を垢にたとえていう。
23 剃髪する時の慣用表現。四方に髪を下ろす。「御ぐしをは、はや四方じやうどゝ、そりこぼし」（ケンブリッジ大学本ぼん天こく・五）。
24 自分の名前とするものだ。
25 そういうことなら。
26 不殺生・不偸盗・不邪淫・不妄語・不飲酒を説いた経文。
27 朝早くから夜遅くまで。

1　時間の経過の早いことをいう慣用表現。
2　黒谷でともかく最後まで念仏修行をやり遂げておしまいなさい。
3　底本「さんけものかたり」。「懺悔サンゲ」(文明・易林)。「Sangue」(日葡)。自分の犯した罪について人に告白すること。
4　永遠の罪。

【8】高野山に移る

き[1]のふけふとはおもへども、黒谷《くろだに》に十三年の月ひをおくらるる。十三年の正月の、はつのゆめをみて苅萱《かるかや》は、御上人《おしやうにん》の御まへにまゐり、「それがしにはひまをたまはれ、高野《かうや》の山へのぼらん」とあるを、上人はきこしめされ、「いかに苅萱。高野の山でも念仏、黒谷でも念仏、黒[2]谷でとにもかくにもおなりあれ。引導《いんだう》わたいてまゐらせん」となり。「さて御みは高野へではなくて、ふたたび国にくだり、還俗《げんぞく》するは一定《いちぢやう》なり。げにや国にくだらんならば、一夜の懺悔《さんげ》[3]ものがたりに、無量劫《むりやうこふ》[4]のつみがきゆるとや申す。懺悔をめされ候へ。ひまをばやすくまゐらせん」となり。

道心はきこしめし、「おなさけなの御諚《ごぢやう》かな。およそ人の気《き》は、五日三日でだにしるると申すに、およそ十三年の御奉公《ごほうこう》を申すに、その儀ならば、懺悔ものがたりを申すべき。このてらにまゐり、あまりかみのそりたいままに、おやも妻子もござない、ただ独身《どくしん》のものと申したよ。それがしは二十一、御台所《みだいどころ》は十九、嫡子《ちやくし》に千代鶴姫《ちよつるひめ》と申して三つになる。ははの胎内《たいない》に七月半にまかりなる、みどりごをみすてての[5]ぼりたが、胎内のみづこがうまれ、成人《せいじん》つかまつり、ははもろともにこのてらにたづねてのぼり、ころものすそにすがりつき、[6]おちよ道心、おちさせたまへ繁氏《しげうぢ》と、[7]なのりかくるとゆめをみた。ゆめ心にも心みだれてかなしやな。もしもかやうにあるならば、たてた誓文《せいもん》の御罰《ばち》をば、なにとなるべきかなしやな。とかく女人《によにん》ののぼらぬ、高野にのぼらん」とあれば、御上人はきこしめし、「その儀にてあるならば、ひまをばまゐらすべき。高野に心とまらずば、かさねておくだりあれ」と。

十念をいただいて、[8]黒谷をうつたちて、さきをいづくとおとひある。東寺のまへをゆきすぎて、さきをいづくとおとひある。八幡正《やはたしやう》八幡《はちまん》をふしをがみ、さきをいづくとおいそぎある。天王寺におつきある。

5　上ったが。

6　還俗してください。「Xucqeuo votçuru.（出家を落つる）僧侶をやめて俗人となる」（日葡）。

7　初対面の子供が自らその名を道心に告げ、御台所・千代鶴とともに還俗を迫るということ。

8　高野山までの道行。東寺、石清水八幡宮、四天王寺、堺市戎島周辺の浜、大野芝町、中の谷（未詳）、紀見峠、橋本市清水、現極楽橋駅近くから清不動堂を経て女人堂までの坂道、檀上伽藍根本大塔。

9　四天王寺亀井堂の霊水。
10　この世のすべての生きもの。経木に書いて供養し、亀井の水に流す。
11　檀上伽藍の代表的建物。
12　建ててある。
13　弘法大師信仰の聖地。狭義には大師廟をさすが、広義には蓮華谷東の一の橋から廟までの領域をいう。
14　山内東部の蓮華谷聖が集住した一帯。奥の院に最も近い。蓮華谷聖の特色は廻国と納骨であったという。
15　現在の苅萱堂の場所にあったとされる。
1　話題転換の慣用表現。

亀井《かめゐ》[9]の水にさしかかり、法界衆生《ほつかいしゆじやう》[10]とかきたむけ、堺のはまをはやすぎて、大野《おほの》のしばはこれかとよ。なかのたにはやすぎて、木《こ》の実峠をはやすぎて、おいそぎあればほどもなく、紀の川に便船《びんせん》こうて、むかひにこせば清水《しみづ》のまち。おいそぎあればほどもなく、不動坂《ふどうざか》をはやすぎて、高野山にきこえつる、大塔《だいたふ》の壇におつきある。

大塔[11]・金堂・御影堂《みえいだう》・四社《ししや》明神は、いらかをならべておうちある[12]。ことねむごろにふしをがみ、奥の院[13]におまゐりあつて、ことねむごろにふしをがみ、それよりも、蓮華《れんげ》谷[14]にきこえたる、萱堂《かやんだう》[15]と申すにとりこもり、後生大事とお願ひあるは、たとへんかたはなかりけり。

【9】石童丸が生まれる

これ[1]は繁氏《しげうぢ》どののものがたり。さておき申し、ことにあはれをとどめたは、国もとにおはします御《み》台所《だいどころ》にて、ことさらあはれをとどめたよ。そのよのことなるに、いつもは繁氏どのの、[2]称名《しようみやう》のおとがつかまつるが、今夜《こんや》は称名のおとのせぬなりとおぼしめし、うすぎぬとつてかみにおき、わたり廊下をはやすぎて、持仏堂《ぢぶつだう》にはやまゐり、あひの障子をさらりとあけ、持仏堂をみてあれば、あぶらひすこしかきたてて、たび装束《しやうぞく》のあとばかり。御台所は、さてもわがつまの、今夜のうちにしのびいでさせたまうたよ。かほどもろくおもひきりたまふと存ずるならば、今夜一夜《いちや》は御とぎ申し、[3]のちのしのびにいたさうものと、[4]流涕《りうてい》こがれておなきある。

[5]おつるなみだのひまよりも、持仏堂をみてあれば、おきぶみと片時《へんし》もおはなしない、おこしのものがござあるよ。とりあげ拝見めさるるに、「御台所の御かたへ、かはる心はないぞとよ。かはる心があるにこそ、ふかきうらみはめされうずれ。このよの縁《えん》こそうすくとも、またこそめぐりあはう」とおかきある。「胎内のみどりこは、うまれ成

2 「南無阿弥陀仏」「南無観世音菩薩」など仏菩薩の名を称えること。「称名シヨウミヤウ」（文明）。「称名シヨウミヨウ」（易林）。

3 思い出のよすが。

4 激しく泣き悲しむさまをいう慣用句。「流涕リウテイ」（文明・易林）。

5 涙を流しながらも。「流涕焦がれお泣きある」を受けることが多い。

人するならば、男子《なんし》にてあるならば、なをば石童丸《いしどうまる》とおつけあつて、出家《しゆつけ》にないてたまはれよ。またはひめにてあるならば、御台のともかくも」とおかきある。「かへすがへすも御台所の御かたへ、このよの縁こそうすくとも、弥陀《みだ》の浄土《じやうど》にて、めぐりあはう」とおかきある。

御台所はこのよしを御覧じて、「わがつまのこれほどにおもひきりたるに、みづからなぜにおもひきらぬぞや。いかなるふちせへもみをなげ、死なん」ともだえたまふ。

[6]女房《にようばう》たちに、唐紙《からかみ》の御局《つぼね》と申すが、「これはもつたいないことを御《ぎよ》意《い》あるものかな。ただのみでもなし。みも二つにおなりあつてそののち、つまの[7]便宜《びんぎ》、ゆくへもおたづねあるものならば、つれて御とも申さう」となり。

きのふけふとおぼせども、[8]あたる十月《とつき》と申すには、御産《ごさん》のひぼをおときある。男子《なんし》か女子《によし》かとみたてまつるに、[9]たまをみがいた、瑠璃《るり》を

6 底本「ねうはう」。読みはニヨウボウか。
7 底本「ひんき」。たより、音信。「便宜ビンギ」（文明・易林）。
8 妊娠・出産を表す慣用表現。「七月の煩ひ、九月の苦しみ、当たる十月と申すには御産の紐をお解きある」（説経しんとく丸）。
9 新生児をほめる慣用表現。立派で美しいさまを表す。

のべたるごとくなり。御わかぎみにておはします。おやありながら、おやないことよばせんことの無念さよ。さあらばちち御のおきぶみにまかせ、御なをば、石童丸とおつけある。石童丸の成人[10]を、ものによくよくたとふれば、よひ[11]にはえたるたかんなが、よなかのつゆにはごくまれ、尺《しやく》をのぶるがごとくなり。

【10】母とともに繁氏を探す

き[1]のふけふとはおもへども、はや十三におなりある。はるのころ、嫡子《ちやくし》の千代鶴姫《ちよつるひめ》は、女房《にようばう》たちにさそはれて、よそのはなみにござあるが、石童丸《いしどうまる》やはは御さまは、広縁《ひろえん》にたちいでて、御にはのはなをながめたまふ。はなのこえだに、つばめ[2]と申すとりが、十二のかひご[3]をそだててに、順義《じゆんぎ》[4]まかせにならべおき、「ちちはし」とさへづるやうのおもしろや。石童丸は御覧じて、「いかにはは御に申すべき。あのと

10　成長し、大人になっていく過程を表す。
11　成長の早さをいう慣用表現。「はごくむ」は「はぐくむ」の変化形。中世は「はごくむ」が一般的。「なんぢら、いかにもしてのがれいでて、この子をはごくみそだてて」(曽我物語・一)。

1　上中下の三巻のうち、ここから中の巻。
2　春の代表的渡り鳥として親しまれる。古くはツバメ・ツバクラメ・ツバクロメの語形があるが、中世に入るとツバメが代表的になってゆく。
3　底本「かひこ」。「卵カイゴ」(文明)。「Caigo. 鶏または小鳥の卵」(日葡)。ただし、後に「なか十二は小鳥ぞよ」とある。個数をいう場合は十二が多い。「源氏の氏神白羽鳩が十二の卵を飼い連れ」(烏帽子折)。
4　底本「しゆんき」。長幼の順に。

りのなをばなにと申すぞ、はは御台《みだい》このよしきこしめし、「いまだしらぬか石童よ。あれは常磐《ときは》の国より、はるはきてあきもどる、つばめといふとりぞや。そのやうにちちはしと、さへづるとはおもへども、法華経《ほけきやう》の一のまきの要文《えうもん》に、[5]止止不須説《ししふすせつ》、我法《がはふ》とさへづるぞよ。なんぼうおやに孝行《かうかう》なるとりぞとよ。あなたなるはちちどりよ。こなたなるはははどりよ。なか十二はことりぞよ。石童丸も、ははに孝行に[6]あたらいよ」。

石童丸はきこしめし、「あのごとくに、天をとぶ[7]つばめさよ、地をはふけだもの、江河《がうが》[8]山野《さんや》のうろくづまでも、ちちよはははよとましますが、千代鶴姫や石童丸には、ははといふ字《じ》ましませど、ちちといふ字がござないよ。それゆみとりのことなれば、ときの口論、[9]かさとがめ、[10]せんりやうののべのあらそひにも、うちじにをもめされたか。いつがひぞ命日ぞ。かたきをしへてたまはれや」。

5 底本「しゝふしゆせつかかほう」。法華経巻第一方便品に「止止不須説　我法妙難思」とある。

6 「あたる」は人に接する意。孝行しなさいよ。

7 「さよ」は副助詞「さへ」の変形か。燕さえ。

8 「山野の」は「獣」にかかるべきところ。「うろくづ」は魚類。「山野のけだもの、江河のうろくづ、其命をたつ事いく千万」(平家物語・十・維盛入水)。江戸版「天をかくるつはさ、ちをはしるけた物、さんかのうろくす迄」。

9 道で笠が触れ合ったり、下位の者が笠を取らずに通り過ぎたりした時、その無礼をとがめること。

10 未詳。江戸版「せんちよかのへ」。「戦場（せんぢやう）の野辺」か。

ははこのよしきこしめし、「幼少のそのときは、ちちともはは
とも申さぬが、たけ成人をするにより、ちちをたづぬるやさしさよ。
御みがちちは、繁氏《しげうぢ》どのと申せしが、はなみの御会《ごくわい》の座敷《ざしき》にて、はな
のちつたを御覧じて、これを菩提《ぼだい》[11]のたねとして、わか道心《だうしん》[12]をおこし、
うけたまはれば、みやこ黒谷《くろだに》にて、かみをそつて出家《しゆつけ》をとげてましま
すと、かぜのたよりにきいてあり。みづからも、としどしふみはのぼ
すれども、のぼするふみをばうけとりて、かへり返事のないをりは、
ちちはこのよにござあるぞ」。石童丸はきこしめし、「なう、いかには
はうへさま。ちちのこのよにござないとおもうたが、ちちだにこのよ
にござあらば、あね御さまとそれがしに、ひまをたまはり候へや。ち
ち御たづねにまゐらうなう」。ははうへこのよしきこしめし、なのめ[13]
ならずにおぼしめし、「その儀にてあるならば、あすといへば人がしる。
ただ今夜《こんや》のよのうちに、しのびいでう」とのたまひて、たび装束《しやうぞく》をな

11 悟りをひらくきっかけ。後生の種。
12 思いつきの信仰心。青道心。
13 並みひと通りでない。非常に。中世から近世はじめにかけて「喜ぶ」「思し召す」などの修飾語として謡曲・狂言・幸若などに用いられている。

されてに、あらいたわしや二人の人々は、やかたのうちをなみだとともにおいである。

【11】千代鶴を屋形に残す

おやこの機縁《きえん》のことなれば、つまどのきりりとなるおとが、あね御のねみみへいり、不思議やとおぼしめし、かつぱと[1]おきさせたまひてに、あひの障子をさらりとあけ、「ははうへさまはござあるか。石童《いしどう》丸《まる》はあるか。さていかにいかに」とのたまへど、ははうへさまはござなうて、たび装束のあとばかり。

千代鶴《ちよつる》このよしみるよりも[2]、ははうへさまの、つねづねお申しなされたは、いつか石童成人し、ちちをたづねにいでうぞと、お申しありてござあるが、さて今夜《こんや》のよのうち、しのびいでさせたまうたか。ちちにはすてられ申すともははにはすてられ申すまいと、かちやはだし[3]

1 底本「かつはと」。「Cappato voqi agaru」（日葡）。勢いよく起き上がるようす。

2 見るとすぐにの意の慣用表現。

3 「かちはだし」に強調の助詞が挿入された。裸足のまま歩いて。

でいでさせたまふ。おやこの機縁のふかければ、五[4]ちやうがはまにておいつき、ははうへさまの御たもとにすがりつき、ただざめざめとぞおなきある。

　ながるるなみだのひまよりも、うちうらみたる風情《ふぜい》にて、「なう、いかにははうへさま。継子《けいし》[5]継母《けいぼ》のそのなかで、なかにかけごをなさるるぞ。石童丸ばかりちちのこで、さてかう申すみづからは、ちちのこにてはござないか。ともにたづねにまゐらうなう」。

　ははうへこのよしきこしめし、「なう、いかに千代鶴よ。なかにかけごはなさねども、おととなれども石童は、男子《なんし》のことなれば、路次《ろし》[6]のときとはならずして、路次のさはりとなるぞかし。それをいかにと申するに。これよりもかみがたは、人の心が邪見《じやけん》[7]にて、御みのやうなる、みめかたちのよいひめは、おさへてとつてうるときく。うられかはれてあるならば、二[8]世のおもひであるまいか。御みはやかたへかへ

4 未詳。写本「五ちやうが間」。江戸版「五てうのはし」。

5 継子継母の間柄でこそ分け隔てをなさるものです。「懸子カケゴ」（文明）。

6 底本「ろし」。「Roxi」（日葡）。道中。この上に脱文があるかもしれない。写本「いしたう丸は、おとゝなれども、なんしにて、みちのとぎにもなるそとの、又御身は、あねなれど、女の身にて候へは、みちのとぎにはならすして、みちのさまたけになるそかし」。

7 底本「しやけん」。「邪見ジヤケン」（文明・易林）。無慈悲であること。

8 来世までも悔いる思いが残るのではないですか。

りつつ[9]、やかたの留守を申さいの。ちちだにたづねあふならば、いま一度ちちにあはせうぞ。はやはやかへれ」とありければ、千代鶴このよしきくよりも、「その儀ならばみづからは、やかたの留守を申すべし。ちち御のかたへ、なにかのことつて[10]申すべし。げに[11]まことわすれたり。みづから六つのとしよりも、いかなる御ひじりにもまゐらせんとおもひてに、てわざのきぬのころもをたちぬいて、もちて候[12]ふが、これをことつて申すべしや。いかに石童丸よ。これは三つにてすてられし、ことし十五になるひめの、てわざのきぬのころもなり。みぐるしうは候へども、なさけをかけてめされいと、ちち御にまゐらせ申すべし。とてもたづねてござあらば[13]、かどいで[14]ようてものようて、ちち御におあひありてござあれの。やがて[15]もどれの石童」と、さらばさらばのいとまごひ、かりそめながら、ながきわかれとおなりある。

9 単純接続の用法。帰って。
10 底本「ことつて」。「Cotozzute コトヅテ Cotoçute と言う方がまさる」(日葡)。「言伝コトツテ」(易林)。
11 そうそう忘れていた。「わすれたり」は思い出したときに出てくることば。
12 底本「さふらふ」。
13 どうせお尋ねになるのなら。
14 旅立ちにあたって、日取りや方向、道中の運の良いことを願っていう慣用表現。
15 すぐに。

1 尼崎市大物にあった港。以下、新黒谷までの道行。ここからはかつて繁氏が通ったのと同じ道程。18頁参照。

2 上りなさい。

【12】上人から居所を聞く

御台所《みだいどころ》や石童丸《いしどうまる》は、小松《こまつ》が浦よりをぶねにめされ、順風《じゆんぷう》よければ、かん尼《あま》が崎大物《さきだいもつ》[1]の浦におつきある。さきをいづくとおいそぎあれば、かんこすぐれば宇野辺《うのべ》の宿《しゆく》、しばしはここに太田《おほた》の宿、ちりかきながす芥川《あくたがは》、山崎《やまざき》をはやすぎて、みやこの城《じやう》にいりぬれば、東寺《とうじ》のまへをはやすぎて、おいそぎあれば、ほどもなく、みやこの新黒谷《しんくろだに》におつきある。

御台このよし御覧じて、「やあ、いかに石童丸よ。ちちのござある御てらはこれなり。みづからまゐり、たづねたくは候へども、みづからつまのこひしきをりをりは、ときどきふみをのぼせたが、のぼするふみをうけとりて、かへり返事のないをりは、もはや御縁《ごえん》もつきたるぞ。みづからこれにまつぞとよ。御みはおやこのことなれば、おあひあらうは一定《いちぢやう》なり。いそぎのぼらい[2]石童丸」。

石童丸はうけたまはり、御上人さまの御まへにまゐり、「なうなう、

3　繁氏が上人に語ったときは「国を申さば」「荘を申さば」と「申さば」を用いる。
4　氏。ここは名の誤り。繁氏の「氏」に引かれたか。
5　「から(に)」は確定順接条件(理由・原因)を表す。聞いたので。
6　「まんず」は「まず」を強めた言い方。やはり道心は見たのだ、正夢を。
7　幼き者。年のゆかない者。

いかに御上人《おしやうにん》さま。ものがとひたうござあるの。かう申すそれがしは、国を申せば[3]大筑紫《おほつくし》筑前《ちくぜん》の国、荘《しやう》は苅萱《かるかや》の荘、加藤左衛門《かとうさゑもん》、うぢは繁氏[4]と申す人、御とし二十一、ははうへさまは十九なり。あね千代《ちよ》鶴姫《つるひめ》とて三つのとし、さてそれがしはははの胎内《たいない》、七月半のそのをりに、あらしにはなのちるをみて、あを道心《だうしん》をおこいてに、この御てらにござありて、出家《しゆつけ》にならせたまひてに、なは苅萱の道心と、かぜのたよりにきくからに[5]、ははうへさまとそれがしが、たづねてのぼりて候が、御存じあつてござあらば、をしへてたまはれ御上人さま」。

御上人はこのよしをきこしめし、「まんずは[6]みたりまさゆめを。なう、いかにをさない[7]よ。御みのちちの苅萱は、このてらへまゐりかみをそり、出家になりてござあつたが、あるよのまさゆめに、国もとにのこしおくつまの御台と、胎内七月半のみどりこが、うまれ成人つかまつり、これまでたづねてまゐるゆめをみて、あふまいみまいかたるまいと、それがしにひまをこひ、いまは女人のえのぼらん、高野《かうや》の山へのぼられて候ぞや。いたはしやのをさないや」とて、御上人さまも、ころものそでをおしぼりある。

【13】母と高野山をめざす

あらいたはしや石童丸《いしどうまる》は、いとま申してさらばとて、御門《ごもん》のはは御にいだきつき、なにとものはいはずして、たもとをかほにおしあてて、たださめざめとおなきある。ははうへさまはきこしめし、「やあ、いかに石童丸は、ちちにあひてうれしさに、うれしなきをするか。さて、いかにいかに」とありければ、石童丸はきこしめし、「なう、いかにははうへさま。繁氏《しげうぢ》さまはこの御てらにござありたが、ははうへさまとそれがしと、たづねてまゐるとゆめを御覧じて、あふまいみまいかたるまいとて、いまははや女人《によにん》えのぼらぬ、高野《かうや》の山へおのぼりありてござあると、上人《しやうにん》さまのおほせなり。高野の山は、いづくの国にてござある。なう、をしへてたまはれ、ははうへさま」。

御台このよしきこしめし、「やあ、いかに石童丸。さのみにものな[1]げいそ。つれて心のみだるるに。ちちだにうきよにましまさば、い[2]かなるののすゑ山のおく、とらふすののべのはてまでも、一度はたづねあはせうぞ。こなたへこよや石童丸」とて、[3]新黒谷をば、なみだとともにたちいでて、四条のはしをうちわたり、「やあ石童丸。あれは五条のはしとかや。ひだりにあたりてみえたるは、祇園《ぎをん》・清水《きよみづ》・[4]稲荷《いなり》とかや。みぎにあたりてみえたるは、嵯峨《さが》・太秦《うづまさ》・法輪寺《ほふりんじ》、たかき御山《おやま》は愛宕山《あたごさん》、みやこの名所旧蹟を、をがませたくは候へども、ちち御にたづねあうたらば、下向《げかう》にかならず[5]をがまいよ」。

たがひにてとてをとりあうて、いそぎたまへばほどもなく、[6]鳥羽《とば》に恋塚《こひづか》・秋の山。[7]淀《よど》のかはせのみづぐるま、つまをまつかのくるくると。

1　中世以降、禁止表現は「な」の文末用法である「—な」が、特に口頭語で多く見られるようになる。「な—そ」は「—な」に比べ、禁止の響きが弱い。この場面は、禁止というより石童丸への慰め。嘆くことはないの意。

2　足を踏み入れるのが困難な場所、また恐ろしい場所をいう時の慣用表現。愛情表現の中で用いられることが多い。「かゝるなさけなきこと、のたまひ候物かな、いかなるのゝすゑ、山のおく、とらふすのべ、ひの中、水そこまでも、をくれたてまつるまじき、わが身なり」（梵天国）。

3　都を出るにあたって、著名な寺社をあげる都案内から始まる。以下、高野山までの道行。

4　伏見稲荷大社。

5　拝みなさいよ。

6　恋塚は袈裟御前の墓。京都市南区上鳥羽の浄禅寺と下鳥羽の恋塚寺にある。秋の山は鳥羽離宮南殿の庭園に造られた築山。ともに都の名所。

7　近世に流行した歌謡の一節。下の句は「誰を待つやらくるくると」が一般的。ここは御台所の気持ちに沿って「つま」としたか。

八幡《やはた》の山へおのぼりあり、南無《なむ》や八幡大菩薩、本地《ほんぢ》は弥陀《みだ》にておはしますと、よきに祈請《きせい》をなされつつ、[8]交野《かたの》の原をとほるにも、禁野《きんや》のきじはこをおもふ。御台このよしきこしめし、とりだにわがこをおもふならひあり。つまの繁氏どのは、わがこおもはぬかなしやと、心のうちにうちうらみ、[9]やどをすぐれば糸田《いとだ》の宿。[10]窪津《くぼつ》の明神《みやうじん》ふしをがみ、おいそぎあればほどもなく、高野三里ふもととなる、[11]学文路《かぶろ》の宿《しゅく》と申すなる、[12]たまやの与次《よぢ》どのにこそはおつきある。

【14】与次に高野の巻を聞く

「いかにや石童丸。明日《みやうにち》になるならば、高野《かうや》の山にのぼり、こひしきちち御に、たづねあはせう」との御諚《ごぢやう》なり。与次《よぢ》はこのよしきこしめし、「いかにたびの上﨟《じやうらふ》に申すべき。高野の山へは、御存じあつてのぼらうと御意《ぎよい》あるか、またはしらいでおのぼりあらうと御意あるか。

8 交野（交野市北部・枚方市南部の丘陵地）、糸田（吹田市か）、窪津（大阪市）は京都から大阪、天王寺への道筋。類似表現が多い。「交野の原を通り、禁野の雉子は子を思ふ。鵜殿に茂き籬垣の、宿を過ぐれば糸田の原、窪津の王子を伏し拝み、天王子へぞ参りける」（敦盛）。

9 右の敦盛詞章では籬垣の宿となっている。ここは宿名（地名）を表すものではないだろう。

10 天満橋八軒家船着場の南にあった。熊野九十九王子の第一。

11 底本「かふろ」。和歌山県橋本市学文路（かむろ）。高野七口のうち、不動坂を登る道の入口にあたる。宿所・茶店などがあった。

12 「此村旅舎（はたごや）多し。玉屋与次兵衛（たまやよじべい）といふ臥房繁昌（ぐわばうはんじやう）す。苅萱道心（かるかやだうしん）の因縁（いんえん）ある家なりとぞ」（紀伊国名所図会・三編四之巻・学文路村）。

高野の山と申すは、[1]一里《いちり》結界《けつかい》、[2]平等自力《びやうどうじりき》の御山《おやま》なれば、[3]八葉《はちえふ》のみね・八つのたに・[4]三かの別所《べつしよ》・四かの院内《ゐんない》・七里結界、平等自力の御山なれば、お木がみねにはゆれば、め木ははるかのたににはゆる。おんどりみねをとべば、めんどりははるかのたにをとぶ。おじかがみねでくさをはめば、めじかはたにでくさをはむ。木《き》かや・草木《さうもく》、鳥類《てうるい》・畜類《ちくるい》までも、男子《なんし》といふものはいるれども、女子《によし》といふものはいれざれば、一切女人《いつさいによにん》は御きらひなり」。

御台《みだい》このよしきこしめし、「いかに石童丸に申すべき。たびで一夜のやどかるは、おやともこともたのむに、[5]たのみがひなきやどとらうより、とてもねられぬ月のよに、いざこいのぼらん石童丸。この山に御みがちち御のましますは一定《いちぢやう》なり。かやうのものがたづねてのぼらば、女人結界とてのぼせずと、おたのみあつたは一定なり。いざこいのぼらん」との御諚なり。

1　後にあるように七里結界の誤りであろう。空海は高野山を開くにあたり、魔障が入らないよう七里四方の所に境界を設けた。

2　未詳。「平等」は一切の衆生が等しく扱われること。「自力」は自らの修行により浄土往生を得ようとすること。ただしここは女人禁制を説いている文脈。

3　高野山の八つの峰、九つの谷を胎蔵界曼陀羅の八葉九尊になぞらえたもの。「八つのたに」は未詳。「高野山は、帝城を避ッて二百里、京里をはなれて無人声、清嵐梢をならして夕日の影しづか也。八葉の嶺、八の谷、まことに心もすみぬべし」(平家物語・高野の巻)。

4　修行者が住んでいた寺院の内外の場所をいうか。

5　底本「たのみかい」。「Tano-migai」(日葡)。

与次はこのよしきくよりも、のぼすれば御山の御法度《ごはつと》[6]そむく、のぼさねばたびの上臈の御意にそむく。「いかに上臈さまに申すべき。高[7]野の巻とやらんを、そつと聴聞《ちやうもん》申してござあるほどに、あらあらかたつてきかせ申すべし。

6　法として禁ずること。
7　弘法大師とその母の物語。この部分は写本にはない。

【15】金魚丸が生まれる

弘法大師《こうぼふだいし》[1]のはは御と申すは、この国の人にてましまさず。国を申さば大唐《だいたう》[2]、本地《ほんぢ》[3]のみかどの御むすめなるが、余《よ》なるみかどに御祝言《しうげん》あるが、三国一《さんごくいち》[4]の悪女《あくぢよ》[5]とあつて、ちち御のかたへおおくりある。本地のみかどきこしめし、うつほぶね[6]につくりこめ、にしのうみにぞおながしある。日本《にほん》[7]をさいてながれより、ここに四国の讃岐《さぬき》の国、白方《しらかた》[8]の屛《びや》風《うぶ》が浦、とうしん太夫《たゆふ》と申すつり人が、唐《から》と日本のしほざかひ、ちく[9]らが沖と申すにて、うつほぶねをひろひあげてみてあれば、三国一の

1　七七四年（宝亀五）～八三五年（承和二）。真言宗の開祖。讃岐国多度郡屛風ヶ浦（香川県善通寺市）に生まれる。父は佐伯直田公、母は阿刀氏。幼名を真魚（まお）という。
2　中国唐朝。または中国をほめていう語。「Taitō」（日葡）。
3　その土地の帝。
4　三国は日本・中国・インド。または全世界の意。「三国　天竺テンチク　漢土カンド　日本ニッホン」（易林）。「三国一」は普通最もすぐれていることをいう場合に用いる。「実に、我が朝の事は、言ふに及ばず、唐土天竺にも主君に志ふかき者多しといへ共、かかる例なしとて、

悪女なり。とうしん太夫《たいふ》が養子におなりあつたと申し、またはしもの下女《げぢょ》におつかいあつたとも申す。御なをばあこう御前《ごぜん》と申すなり。

あこう御前このとしなれども、[10]山といふ山にかすみのかからぬ山もなし、女人となつて、[11]をつとの念力のかからぬ女人《にょにん》もなし、みづからはいまだをつとの念力もかからず。さあらば日輪《にちりん》に申しごをせばやとおぼしめし、やのむねに一尺二寸のあしだをはき、三斗三升いりのをけに、みづをいれいただいて、[12]二十三夜の月をこそはおまちある。そのときにしのうみよりも、こがねのうをが、あこう御前の胎内《たいない》にいるとの御夢想《ごむさう》なり。余《よ》なる女人は、あたる十月と申すには、御産のひぼときこえたる。あこう御前は、[13]三十三月と申すには、御産のひぼをおときある。たまをみがき、瑠璃《るり》をのべたるごとくなり。男子《なんし》にてまします。さらば御なをまゐらせんとて、御夢想をかたどり、[14]金魚丸《きんぎよまる》とおつけある。なにか人間《にんげん》にてましまさねば、はは御の胎内よりも、御《おん》

三国一の剛の者と言はれしぞかし」（義経記・八）。

5　「Acugio」（日葡）。

6　「Vtçuobune」（日葡）。大木をくりぬいてつくった丸木舟。変化（へんげ）の者が乗せられることが多い。「竜宮の乙姫に、こひさい女と申て、並びなき美人たりしを、見目いつくしく飾り立て、うつほぶねに作り籠め、波の上に押し上ぐる」（大織冠）。

7　底本「にほん」。

8　香川県仲多度郡多度津町。

9　日本と朝鮮との潮境の海。「日本と唐土の潮境、ちくらが沖に陣をとり」（大織冠）。

10　「山といふ山に…女人もなし」は挿入句。

11　夫・男の思い。

12　二十三夜の月待ち。申し子をし、神仏の示現を待った。

13　申し子を授かるためにさまざまなことをするが、その回数などには三十三の倍数が多い。観音への申し子では、観音の三十三身に由来するという考えがある。「大和の国初瀬の寺に詣でして、悲願尽きせぬ観音の利生を仰ぎ、三十三度の歩みを運び」（百合若大臣）。

14　底本「きんきよまる」。金魚は中国原産で日本には一六世紀初めに輸入されたという。

経《きやう》をあそばしける。

屏風《びやうぶ》が浦の人々たち、『とうしん太夫のみうちの、あこうがまうけたるここそよなきするよ。[15]よなきするこは、七うら七さとかるると申す。そのこをすてぬものならば、とうしん太夫ともに、[16]うらの安堵《あんど》がかなふまじ』との使者がたち、あこうはこのよしきこしめし、『このこ一人まふけぬとて、[17]なんぼう難行苦行《なんぎやうくぎやう》申したに、すてまいぞ金魚よ』。つれておまよひある。そのかずは八十八所とこそきこえたれ。さてこそ[18]四国遍土《へんど》とは、八十八か所とは申すなり。

【16】空海になり入唐する

そのときはは御は、『いかに金魚《きんぎよ》に申すべき。よなきするだにうるさいに、ながなきをはじむるか。むかしがいまにいたるまで、[1]みすつるやぶはなけれども、こすつるやぶはあるときく』。ひとまづおすて

15　この地域の俗信か。

16　この浦に住むことは許さない。

17　設けようとして。「ぬ」は意志・推量の助動詞「む」。「稲荷の明神さま、われ故郷へ帰らぬまでは、難なくまぼらせ給へ」(木幡狐)。

18　四国遍路。四国にある弘法大師ゆかりの八十八か所を巡礼すること。

1　「子を捨つる藪は有れど身を棄つる藪は無し」(たとへづくし)。

あつたと申すに、そのとき[2]槙《まき》の尾のたらん和尚《くわしやう》と申すが、讃岐《さぬき》の国[3]志《し》度《ど》の道場《だうぢやう》にて、七日の説法《せつぽふ》をおのべある。あこう御前《ごぜん》もおまゐりあるが、聴聞《ちやうもん》めされ、みな人はお下向《げかう》あれども、あこう御前はお下向なし。くわらん和尚は、[4]そのとき下がり松のそのしたをきこしめせば、御《おん》経《きやう》のこゑがする。くわらん和尚ほりおこし御覧候へば、たまをのべたるごとくなる男子《なんし》なり。和尚は御覧じて、これは不思議やとおぼしめし、あこう御前がてをすりあしをすり、流涕《りうてい》こがれてなげくを御覧じて、『いかなる女人よ。なにをなげく』と御意《ぎよい》ある。

あこうはきこしめし、『[5]たまたま一人まふけてあれば、よなきするとあつて使者がたてば、これなる下がり松のしたにうづみてあれば、きのふまではなくこゑがつかまつるが、けふは死したるやら、こゑがつかまつらぬとなげく』と申すなり。和尚はきこしめされ、『このこのことか』とて、あこうにこそおわたしある。あこう[6]なのめにおぼし

2　大阪府和泉市の槙尾山（施福寺）。「たらん和尚」は後出「くわらん和尚」と同一人物。未詳。

3　香川県さぬき市志度、志度寺。

4　以下、「『これは不思議や』とおぼしめし」までは挿入句。

5　運よく。「子のなきことを嘆き、かのご本尊に祈りを掛け、ひとりの男子を設くる、たまたまあひ生す一子なれば」（丹後物狂）。

6　並み一通りでなく。非常に。打消形「なのめならず」と同じ意味で用いられる。

めす。『いかにははに申すべき。このこのなくはよなきではなうて、御経をあそばすよ』とあつて、それよりも、槇の尾をさいておのぼりある。

七歳の御とし、金魚を御ともめされ、和泉《いづみ》の国槇の尾さいておのぼりある。ほとけとほとけのことなれば、槇の尾の和尚はおあひあつて、[7]御室《おむろ》の御所《ごしょ》にこそとり[8]おうつりある。なにかほとけのことなれば、師匠の一字をおさづけあれば、十字とおさとりある。学問にくらいことはましまさず。御としつもり十六と申すに、かみをそつて、空海《くうかい》にこそはおなりある。

二十七と申すに、入唐《にっとう》せんとおぼしめし、筑紫《つくし》の国宇佐《うさ》八幡《はちまん》にこもり、御神体《ごしんたい》ををがまんとあれば、十五、六なる美人《びじん》女人とをがまるる。空海御覧じて、『それは愚僧《ぐそう》が心をためさんか』とて、『ただ御神体』とこそある。かさねて[9]第六天の魔王とをがまるる。『それは魔王《まおう》のす

7 京都市右京区御室、仁和寺。八八八年創建で、空海の没後になる。
8 江戸版「おうつり有」。
9 本能的な欲望の世界(欲界)に属する六つの天の一つ、他化自在天。魔王のすみかとされる。

がたなり。ただ御神体』と御意あれば、社壇《しやだん》のうちが、震動雷電《しんどうらいでん》[10]つかまつり、火炎《くわえん》がもえて、うちよりも、六字[11]の名号《みやうがう》がをがまる。空海は『これこそ御神体よ』とて、ふねのせがいにほりつけたまふによつて、ふないたの名号と申すなり。それよりも大唐《だいたう》におわたりあつて、七みかど[12]に御礼《おんれい》めされ、そののち善導《ぜんだう》[13]におあひあつて、『さらば官《くわん》[14]をなせや』とて、弘法《こうぼふ》[15]にこそはおなりある。

10　底本「しんとうらいてん」。「震動シンドウ」「雷電ライデン」（易林）。
11　「南無阿弥陀仏」の六文字。
12　未詳。
13　初唐の浄土教の僧。空海以前の僧。
14　官位を与える。
15　「弘法大師」は空海没後の贈り名。

【17】渡天し文殊と争う

とてものことに渡天《とてん》せばやとおぼしめし、天竺流沙川《てんぢくりうしやがは》[1]をすぎておのぼりあれば、大聖《だいしやう》[2]文殊《もんじゆ》は御覧じて、『日本《にほん》の空海《くうかい》、なにしてこれまでくるぞよ』。空海きこしめし、『文殊の浄土《じやうど》[3]へまゐる』となり。文殊、童子《どうじ》と変じ、『いかに空海。このかはにわたりはないぞ。それよりももどれ』となり。

1　底本「り□しやかは」。江戸版「りうさ川」。「流沙」は中国北西部ゴビ砂漠およびタクラマカン砂漠をいう。そこを流れる川をいうか。
2　文殊菩薩。智恵をつかさどる。
3　中国山西省東北部の五台山。文殊の住地と考えられ信仰を集めた。

空海きこしめし、『かはとなるかはに、わたりのないことよもあらじ』[4]。『小国《せうこく》の空海、それよりもどれ』とある。空海きこしめし、『それ天竺[5]は、ほしをかたどる国なれば、震旦国《しんだんこく》[6]となづくる。大唐は月をかたどる国なれば、月氏国《ぐわつしこく》[7]となづくる。日本は小国なれども、ひをかたどる国なれば、日域《じちいき》[8]と申すなり。智恵《ちゑ》第一の国なるよ』。

文殊きこしめされ、『ものをなんぼうかく』とおとひある。空海きこしめされ、『まづ童子《どうじ》かけ』との御諚《ごぢやう》なり。『いでかいてみせん』とて、とぶくもに阿毘羅吽欠《あびらうんけん》[9]といふ文字《もじ》をおすゐある。くもははやけれども、文字はそつともちがはず[10]。空海御覧じて、『あつ、かいたり童子かな。それがしかいてみせん』とて、ながるるみづに、たつといふ字をおすゐある。童子御覧じて、『あの字の点《てん》をうつてこそは、たつとはよまれうずれ。点がたらぬ』との御諚なり。空海きこしめし、『あの字に点をうたうはやすけれども、にはかに大事《だいじ》のいでこうは一定《いちぢやう》な

4 「山といふ山に」(47頁)と類似表現。

5 ここでの「天竺」「大唐」の説明・異称は逆になっている。「天竺をば月を像て月氏国と言、唐土をば星を象て震旦国といふ、日本をば日を像て日域といふ也」(日本略記)。

6 底本「しんたんこく」。「震旦シンダン　漢土」(易林)。

7 底本「くわつしこく」。「月氏国グワシコク　天竺名」(黒本本)。

8 底本「しちいき」。「日域ジチイキ　日本」(易林)。

9 底本「あひらうんけん」。宇宙を生成する地・水・火・風・空を表す。

10 文字が重なったり、調子が乱れていない。

り』。文殊はきこしめし、『大事はいでこうとままよ。ただおうちあれ』となり。『いでうつてみせ申さん』とて、点をおうちあれば、かはかみなる龍《りよう》たつのまなこにふでがあたり、そのなみだ一ときの洪水となつて、空海も五六丁ばかりおながれある。童子御覧じて、『それそれ空海』とあれば、空海[11]いしの印《いん》をむすんで、かはかみにおなげあれば、五尺ばかりの大石《たいせき》となつて、[12]あと白川《しらかは》となりにけり。

【18】弘法大師となり帰朝する

文殊《もんじゆ》は御覧じて、[1]すてぶちうつて、文殊の浄土におもどりある。空《くう》海《かい》は[2]あとをしたいておまゐりある。大聖文殊《だいしやうもんじゆ》御覧じて、三十三ひろこがねの卒塔婆《そとば》をとりいだし、『この卒塔婆に文字《もじ》をおすゑあれ。一の御弟子《みでし》』とお御意ある。文殊の御弟子に、[3]ちけい和尚《くわしやう》と申すが、われかかんとおぼしめし、卒塔婆にのつておかきある。空海御覧じて、

11　大きな石を生み出す印相。
12　「あと白波」に掛けてあるか。「あと白波」は跡（行方）が知れないことや見えなくなることをいう慣用的表現。ここでは何事もなかったかのように洪水がぴたりと止まったことをいう。

1　捨鞭。「Sutebuchi ／ Sute-muchi」（日葡）。馬を速く走らせようと馬の尻を何度も鞭打つこと。ここでは獅子に乗っている。
2　跡に付いて。跡を追いかけて。
3　謡曲「渡唐空海」では「知恵」の名で出る。

[4]非《ひ》をいればやとおぼしめし、『それがしが国は小国《せうこく》なれども、うし・うまにこそはのれ、卒塔婆にのつたはみはじめなり』。ちけいおほきにはらをたて、『御みのすがたをみるに、せいちいさういろくろく、文字《もんじ》の[5]讃談《さんだん》かなふまい』となり。空海きこしめし、日本の法《ほふ》をおひきある。『うるしくろいと申せども、よろづの家具《かぐ》をのぶるなり。はりちひさいと申せども、よろづの衣装《いしやう》をとづるなり。ふでちひさしと申せども、よろづの書《しよ》をかくものなり。まづそのごとく、せいちいさういろくろくとも、文字《もんじ》の讃談まゐりあはん』との御諚《ごぢやう》なり。文殊このよしきこしめし、『空海かけ』との御諚なり。『いでかいて御めにかけん』とて、三十三ひろのこがねの卒塔婆とりいだし、法力《ほふりき》がたつたれば、[6]先手《せんて》のてにておしたてて、[7]五管《ごくわん》のふでにすみをそめ、卒塔婆がしらになげあぐれば、ふで[8]ししのけと申せども、[9]ちりちりとかきくだり、空海の御てにわたる。文殊このよし御覧じて、『かくはかいたり空海

4　不作法を正そうとお思いになって。「ばや」は意志を表す。
5　底本「さんたん」。「讃歎サンタン」（文明）。「讃歎サンダン」（易林）。論ずること。
6　まず空海が先に文字を書くため卒塔婆を立てた。
7　底本「五くわむ」。「管」は筆など、くだで作られたものを数える単位。
8　鹿の毛。
9　勢いよく軽やかなさまを表す。

かな。一字たらぬ』との御諚なり。空海きこしめされ、『いでかいて御めにかけん』とて、[10]阿《あ》字《じ》十方《じつぱう》三世《さんぜ》仏《ぶつ》、一切諸仏達《いつさいしよぶつたち》、八万諸聖教《はちまんしよしやうげう》、皆是阿弥陀仏《かいぜあみだぶつ》、ふでしのけと申せども、もとのすずりにもどるなり。『さらば官《くわん》をなせよ』とて、大聖文殊の大の字をかたどつて、弘法大師とおなりある。

そののち文殊は、空海にわたさんとて、[11]独鈷《どつこ》・三鈷《さんこ》・鈴《れい》を、三つのたからものを、はうきにゆひそへ、にはをこそおはきある。空海は、文殊のてよりもうけとつて、師匠のたまはつたるはうきとて、[12]わが料《れう》にかけおきたまへば、三ふしゆうたるなはめより、金色《こんじき》のひかりさす。きりほどき御覧ずれば、三つのたからものがまします。わが朝《てう》にてめぐりあはんと、文殊の浄土よりも、日本《にほん》におなげあれば、独鈷はみやこ東寺《とうじ》にをさまつて、[13]女人の高野とをがまるる。鈴は讃岐《さぬき》の国、[14]霊仙《りやうせん》寺《じ》にをさまつて、にしの高野《かうや》とをがまるる。三鈷は高野にをさまつて、

10　底本「あち十はうさんせんふつう、一さいしよふつたち、八万しよしやうきやう、かいせあみたふつ」。江戸版「あし十はう三せしよふつ、一さいしよほさつ、八まんしよせう経、かいせあみたふつ」。

11　密教で煩悩を砕く菩提心の象徴として用いる法具。もとは古代インドの武器。棒状で両端が分かれていないのを独鈷、三つまたになったのを三鈷という。鈴も法具の一つで鐘型をしていて柄がついている。

12　自分のために。

13　室生寺（奈良県宇陀郡）、金剛寺（大阪府河内長野市）を女人高野と呼ぶ。東寺もこう呼ばれたかどうかは明らかでない。

14　未詳。

三鈷[15]の松とをがまるる。そののち空海は、智恵くらべ、ふでくらべをめされて、わが朝《てう》にこそおもどりある。

【19】母の入山を止める

これは大師のものがたり。さてさて大師のはは御、御とし八十三におなりあるが、大師にあはんとて、高野《かうや》をさしておのぼりあるが、にはかにかきくもり、山が震動雷電《しんどうないでん》するなり。大師そのとき、いかなる女人のこの山におもむきてあるか、ふもとにくだり、みんとおぼしめせば、矢立《やたて》[1]の杉と申すに、八十ばかりな尼公《にこう》が、大地《だいぢ》のそこににえ[2]いるなり。大師御覧じて、『いかなる女人』とおとひある。はは御はきこしめし、『みづからは讃岐多度《さぬきたど》の郡《こほり》、白方《しらかた》の屏風《びやうぶ》が浦の、とうしん太夫《たいふ》と申すみうちに、あこうと申すをんななるが、この山に新発意《しんぼち》[3]を一人もちてござあるが、延暦《えんりやく》八年、六月六日にあひはなれ、けふに

15 高野山金剛峰寺御影堂の前にある。

1 「むかし猟場明神(かりばみやうじん)の射(い)させたまへる矢(や)の立(た)ちしといふ杉(すぎ)あり矢立杉(やたてすぎ)と号(なづ)く」(紀伊国名所図会・三編四下・矢立茶屋)。

2 はまりこんでいる。

3 出家して間もない人。「xinbochi」(日葡)。

いたるまで対面《たいめん》申さず、わがこのこひしきままに、これまでたづねてまゐりた』となり。

大師御てをうち、『われこそむかしの、新発意、弘法《こうぼふ》なり。これまで御のぼりは、めでたくは候へども、この山と申すは、天をかけるつばさ、地をはしるけだものまでも、男子《なんし》といふものはいるれども、女《によ》子《し》といふものいれざる山にて候』とあれば、はは御はそのとき、『わがこのいる山へ、のぼらぬことのはらたちや』とて、そばなるいしをおねぢあつたるによつて、ねじいしと申すなり。ひのあめがふりきたれば、はは御をおかくしあつたによつて、[4]かくしいはと申すなり。『いかに大師なればとて、[5]ちちがたねをおろし、ははが胎内《たいない》をかりてこそ、末世《まつせ》の[6]能化《のうけ》とはなるべけれ。うきよに一人あるははを、いそぎてらへのぼれとはなうて、さとにくだれとはなさけない』とて、なみだをおながしある。

4　紀伊国名所図会では「押上石（おしあげいし）」の項目で、大師の母親が入山しようとする場面が、名所の由来説明として用いられている。捻石（ねぢいし）、袈裟掛石（袈裟を敷いた岩）、押上石（本文では「かくしいは」）などが見られる（紀伊国名所図会・三編四下・押上石）。

5　47頁では日輪の申し子。

6　底本「なふけ」。「Nôqe」（日葡）。「能化ノウケ」（易林）。他を教化できる者。

大師そのとき、『[7]不孝《ふけう》にて申すではなし』。七丈《しちぢやう》の袈裟《けさ》をぬぎおろし、いはのうへにしきたまひて、『これをおこしあれ』となり。はは御はわがこの袈裟なれば、なんの子細《しさい》のあるべきとて、[8]むんずとおこしあれば、四十一にてとどまりし月のさはりが、八十三と申すに、芥子《けし》つぶとおつれば、袈裟は火炎《くわえん》となつて天へあがる。

それよりも大師、[9]常在浄土《じやうざいじやうど》にて、[10]三世《さんぜ》の諸仏をあつめ、[11]両界九尊《りやうかいくそん》の曼陀羅《まんだら》をつくり、七七四十九日の御とぶらひあれば、大師のはは御、煩悩《ぼんなう》の人界《にんがい》をはなれ、弥勒菩薩《みろくぼさつ》とおなりある。奥の院より百八十丁のふもとに、[12]慈尊院《ぢそんゐん》のてらに、弥勒菩薩とおいはひあつて、[13]官省符《くわんしやうふ》二十村の氏神《うぢがみ》とおいはひあつてござある。

九月二十九日と申すに、神拝《しんぱい》とこそ申すなり。大師のはは御さへおのぼりない御山《おやま》へ、きのふやけふの道心者《だうしんじや》の分《ぶん》として、高野の山へのぼらうとはなにごとぞ」。与次《よぢ》はかやうに申す。「おのぼりあらうとも、

7 底本「ふかう」。

8 「Munzuto. 手に強く握りしめるさま、または、しっかりと取りつくさま」(日葡)。ここは力強く袈裟をまたぐようす。

9 底本「しやうさいしやうと」。時間の流れにかかわりなく在り続ける浄土。ここは高野山のこと。

10 過去・現在・未来のすべての仏。

11 底本「れうかいくそんのまんたら」。「Riōgai」(日葡)。密教の宗教観を図示したもの。金剛界と胎蔵界からなる。九尊は胎蔵界曼陀羅の大日如来と、そのまわりに配される四如来四菩薩の総称。

12 底本「ちそうゐん」。和歌山県伊都郡九度山町。空海が高野山を開創する前につくったという。慈尊院参道を出たところに第一の町石があり、大門まで一八〇基立っている。「奥の院より」は誤り。

13 免税の待遇を受けた特別な荘園のうちの二十村。

おのぼりあるまいとも、たびの上臈《じやうらふ》次第なり」と申す。

【20】石童丸は高野山を探す

[1]御《み》台所《だいどころ》は、与次《よぢ》におほきにおどされて、「その儀《ぎ》にてあるならば、みづからはえのぼるまいかや、与次どのさま。あのこ一人は詮《せん》もなし。あのこと申すは、ははが胎内《たいない》に、七月半《はん》におすてあつたるわかなれば、現在ちちにあうたりとも、わがちちともまたわがことも、えみしるまいよ[2]不便《ふびん》やな」。のぼせまいかとおぼせども、「いかに石童丸《いしどうまる》。御山《おやま》にのぼり、一両日か[3]二両日はたづねてに、たづねあうたりともまたはあはずとも、またはのぼるともまづくだれ。ははにまちかねさせてたまはるな。いかに石童丸。御みがちちのしるしには、[4]筑紫《つくし》ことばをよくなのれ。筑紫ことばがあるならば、ころものそでにとりついて、よきに[5]教訓《けうくん》申してに、これまで御とも申《まう》さいよ。かどいでようてものよう

1　以上が中の巻。ここから下の巻。
2　底本「ふひん」。「不便フビン」（文明・易林）。
3　底本「二りやう日」。三、四日をいうのであろう。
4　「筑紫ことばをこそよくなのれ」の「こそ」の脱落か。筑紫言葉をよく使うの意。
5　底本「けうくん」。「教訓ケウクン」（文明・易林）。教えさとすこと。

て、やがてくだらい石童丸」と、いとまごひをなさるるは、ことかりそめとはおぼせども、おやとこのいきわかれとは、のちこそおもひしられたり。

石童御山へおのぼりあるが、御山より五人つれたる御ひじりの、ふもとのやどへおくだりあるが、不動坂《ふどうざか》にておあひある。石童丸は御覧じて、さてもうれしの御事《おんこと》や。あの御ひじりのそのなかで、ちち道心《だうしん》やましますか、とはばやとおぼしめし、「なうなう、いかに御ひじりさま。どの院内《ゐんない》[6]にか、つくりやう[7]の道心ひじりのましますか、をしへてたまはれ御ひじりさま」。

御ひじりこのよしきこしめし、「これなるをさないは、をかしきもののとひやうやな。この山にゐるものは、かう申す五人づれのひじりも道心者にて候」と一度にどつとぞわらひける。

石童丸このよしきこしめし、しらねばこそのとひごとよ。をしへぬ

6 寺の中。
7 急に思い立って出家したことをいうか。

ものの邪険《じやけん》やと、御山へおのぼりなされてに、法師《ほふし》一人ちかづけて、「院内[8]のかずをおとひあるか。七七四十九院内」。「坊《ばう》の数は」とおとひある。「七千三百余坊なり」。「法師の数は」とおとひある。「およそ大師の御金文《ごきんもん》[9]にも、九万九千人とをしへたまふ」。石童丸はきこしめし、あらこともおびたたし[10]の次第《しだい》やな。これをばなにとたづねんと、奥の院におまゐりある。みぎやひだりのたか卒塔婆《そとば》、みな国々のなみだかの。けふはあはうかあはうかと、院内ごとをおたづねあるほどに、御山を六日たづねたまふ。

【21】父苅萱道心と出会う

あらいたはしや石童丸《いしどうまる》は、六日めのあさ早天《さうてん》のことなるに、学文路《かぶろ》の宿《しゆく》にござある、ははうへさまの御諚《ごぢやう》には、「またはたづねにのぼるとも、一両日たづねてに、まづくだれ」とお申しあつてござあるに、

8　石童丸の問いに法師が答えた部分。「おとひあるか」を「おとひあるが」と読み、地の文と見ることもできる。
9　大師の大切なことばを綴ったものや経文。
10　「Vobitataxij」（日葡）。

明日《あす》ははやばやくだらばやとおぼしめし、五更《ごかう》[1]に天もひらくれば、石童丸はこしらへて、いま一度奥の院にまゐりてに、ははうへさまに、御ものがたりを申さうとおぼしめし、奥の院へおまゐりある。

ちち苅萱《かるかや》の道心《だうしん》は、はなかごをてにさげて、奥の院よりおかへりあると、ゆくともどると大橋《おほはし》[2]で、おあひあつてはござあれど、おやがことも御存じなし、こがまたおやともえみしらず。ゆきちがうておとほりあるが、おやとこの機縁《きえん》かや、石童丸はたちかへり、ちち道心のころものそでにすがりつき、「なうなう、いかに御ひじりさま。ものがとひたうござある。なう、どの院内にかつくりやう道心ひじりのましますか。をしへてたまはれ御ひじりさま」。

道心きこしめし、「さてもこれなるをさないは、をかしきもののとひやうかな。この山にゐるものは、国もとにて、うのつな[3]・たかのつな・ややき・人をころし、主《しゆう》[4]の勘当《かんだう》、おやの無興《ぶきよう》をかうむりたるとも

1 夜を五分した時の最後の時間帯。午前三時から五時。「五更に天も開くれば」「五更の天も過ぎゆけば」で日付が変わることを意味する。

2 奥の院への参道には一の橋・中の橋・御廟橋の三つの橋がある。ここは一の橋であろう。一の橋は参道の入り口にあたる。

3 鵜飼い・鷹飼いのことか。小魚・小動物を捕って生業を立てたり、家焼き・人殺しの罪を負う者。

4 ここは身を寄せるところのない者をいう。

がらかや。また[5]後生大事《ごしやうだいじ》と心がけ、所知《しよち》に所領《しよりやう》をふりすてて、かみをそりてゐるもあり。この山にゐるものは、みな道心者にてある。ここにて人をたづねば、武士《ぶし》ならば、な・名字《みやうじ》をかき、また[6]土民《どみん》ならば、ところ・在所《ざいしよ》のなをかきて、三枚ふだをたつる。さるほどにあはうとおもへばそへふだをし、あふまいとおもへば、そのふだをひくによつて、三日がうちに在所がしるるなり。御みがやうにたづねては、三年三月たづぬるとも、あふまいことの[7]無慙《むざん》さよ。国はいづくの人ぞ、なをなのれ。それがしもともに[8]たづねてとらせうぞ。たびのをさない」とお申しある。

【22】苅萱から偽りの話を聞く

石童丸《いしどうまる》はきこしめし、「さてもうれしの事や。[1]さて国を申せば、大《おほ》筑紫《つくし》筑前《ちくぜん》の国、荘《しやう》は苅萱《かるかや》の荘、加藤左衛門《かとうさゑもん》、うぢは繁氏《しげうぢ》さまと申すな

5　自分自身のことをいう。

6　その土地の住人。

7　痛ましく、気の毒である。「無慙ムザン」（易林）。

8　探してやろう。

1　法然上人に尋ねたことば（41頁）に母親へのことば（42頁）を加えた内容。表現もほぼ同じ。

り。繁氏さまは二十一、ははうへさまは十九なり。あね千代鶴《ちよつる》姫の三つのとし。さてかう申すそれがしは、ははうへさまの胎内《たいない》に、七月半のそのときに、あらしにはなのちるを御覧じて、あを道心《だうしん》をおこいてに、みやこのかたにきこえたる、新黒谷《しんくろだに》にてかみをそり、なは苅萱の道心と、かぜのたよりにきくからに、ははうへさまとそれがしと、はるばるたづねてまゐりたり。ははうへさまとみづからと、たづねてまゐるとゆめにみて、あふまいみまいかたるまいと、いまははや女人のえのぼらぬ、高野《かうや》の山へおのぼりありてござあるが、御存じあつてござあらば、をしへてたまはれ御ひじりさま」。

ちち道心はきこしめし、さていままでは、いかなるものぞとおもひしに、たづぬるわつぱ[2]はわがこなり。わがこのためにはちちなれば、とふまいものをくやしやの。[3]とうて心のみだるるに。みればわがこの無慙《むざん》さに、しのぶなみだはせきあへず。

2 「わらわ（童）」の変化形。子供をののしったり、軽い扱いの気持ちでいう語。ここは自分の子への近しさから出た。「Vappa」（日葡）。

3 目の前にいる我が子にとっての父親は自分である。こういうことになるのであったなら、問わなければよかったという後悔の気持ち。

4 父苅萱道心と母御台が石童丸をさすときには、遠称の指示詞「あの」が用いられる。「あのこ一人は詮もなし。あのこと申すは、」(59頁)、「さてもかしこきあのこにて」(68頁・74頁)、「あの石童がさとるらん」(76頁)など。

石童丸は御覧じて、「それがし御山《おやま》へのぼり、けふ七日にて、いかほどの御ひじりさまにあひ申せども、御みのやうなる心やさしき、なみだもろき御ひじりさまには、いまがはじめてござあるの。ちちの在所を御存じあつたる風情《ふぜい》とみえてあり。をしへてたまはれ御ひじりさま」。

ちち道心はきこしめし、さてもかしこきあのこ4にて、ちちよとさとられては大事《だいじ》とおぼしめし、まづいつはりをお申しある。「あう、そのことよそのことよ。御みのちちの道心は、さてかう申すひじりとはこの山にて、師匠《ししやう》が一つであひ弟子で、なかのよかりしをりふしに、こぞのこのころなつのころ、不思議のやまふをうけとりて、むなしくならせたまうたが、ことにけふは、その命日《めいにち》にあたりてに、御はかまゐりを申すとて、御みにあうたとおもひてに、それになみだがこぼるるぞ」。

5 予期せぬことが起こった時の、信じられない気持ちを表す慣用句。

6 「動詞の未然形＋ば＋こそ」が文末にある時は打ち消しの意を表す。あるはずがない。

7 旅人。「Tabiŭto」(日葡)。

8 生前に自分のためにあらかじめ仏事を修して冥福を祈ること。

石童丸はきこしめし、「[5]これはゆめかやうつつかや。これはまことかかなしや」と流涕《りうてい》こがれ、たださめざめとおなきある。こぼるるなみだのひまよりも、「なう、いかにあひ弟子《でし》さま。ちちにあうたる心《ここ》地《ち》して、御はかまゐりを申すべし。御はかはいづくぞ。をしへてたまはれあひ弟子さま」。ちち道心はきこしめし、わがたてたるつかとて[6]あらばこそ。こぞのこのころなつのころ、[7]たびうとの[8]逆修《ぎやくしゅ》のためにおたてある、卒塔婆《そとば》のもとへつれてゆき、「これが御みのちち道心の卒塔婆にてござあるぞ。をがませたまへ」とて、ともにをがませたまひけり。

【23】にせの卒塔婆を受け取る

石童丸《いしどうまる》はきこしめし、あらいたはしや、つかのほとりにたふれふし、「さていままではいままでは、このよにだにもましまさば、見参《げんざん》せんとおもひしに、いまは卒塔婆《そとば》にあふ事」と、流涕《りうてい》こがれ、つかのほとりをまくらとし、きえいるやうにぞおなきある[1]。こぼるるなみだのひまよりも、「さてこのつかの地のしたに、ちち苅萱《かるかや》のござあるか、繁氏《しげうぢ》さまはござあるや。七月半ですてられしみどりこが、うまれ成人つかまつり、これまでたづねてまゐりたり。石童丸かとて、このつかのしたよりも、ことばをかはいてたまはれ」と、流涕《りうてい》こがれおなきある。ながるるなみだのひまよりも、あね御のことつてなされたる、きぬのころもをとりいだし、かいうちふるひ[2]、このころも、卒塔婆のかしらになげかけて、ころものこしにいだきつき、「なうなう、いかにちち御さま。これは三つにてすてられし、ことし十五になるひめの、てわざのきぬのころもなり。みぐるしうは候へど、なさけをかけてめされと、御ことつてござあるの、いつかちち御にたづねあひ、このごとくにきせ申し、ころものこしにいだきつき、みるとだにもおもひなば、

1　正気を失ったかのように。

2　かきうち振るう。「かき（搔き）」「うち（打ち）」は接頭辞。

いかばかりうれしからうもの。いまは卒塔婆にきせ申し、[3]曲《きよく》もなき」とて、もとのごとくにおしたたみ、「なうなう、いかにあひ弟子《でし》さま。みぐるしうは候へど、このころもと申するは、三つにておすてなされてに、ことし十五になるひめの、てわざのきぬのころもなり。ちち御にたづねあうたらば、[4]なさけをとうてめされいと、ことづけあつてござあるが、ちちはこのよにござらねば、あひ弟子さまにまゐらする。あひ弟子とはおもへども、千代鶴姫《ちよつるひめ》のこころざし、ちちの御てにわたるなり」。

あらいたはしや石童丸は、卒塔婆をもちてくだり、ははうへさまにをがませ申さんと、やがてかたげておくだりある。ちち道心は[5]きこしめし、さてもかしこきあのこにて、卒塔婆をふもとの宿《しゆく》にくだすならば、御台所《みだいどころ》がみるよりも、これは道心とはなくて、逆修《ぎやくしゆ》の卒塔婆とあるならば、いままでつつみしことがむになるとおぼしめし、「なう、

3 おもしろくないことよ。

4 「なさけをかけて」と同意か。写本「なさけをとりて」。

5 「御覧じて」「このよしみるよりも」とでもあるべきところ。

6 仏と同じ台座に座っているようなものだ。
7 形容詞の条件形。欲しいのなら。
8 「蓮華谷にきこえたる、萱堂」(31頁)をさすか。

いかにをさないよ。その卒塔婆を、ふもとの宿へくだすなれば、無間《むげん》の業《ごふ》へひきおとすがごとくなり。このよにたてたる卒塔婆は、おなじ[6]台座《だいざ》になほつたるがごとくなり。まつこと卒塔婆がほしくば[7]、それをばそこにたておけ、かきてとらせん、をさないよ」とて、蓮華坊《れんげばう》[8]へござありて、道心のいろいろ次第《しだい》をおかきあり、石童丸にまゐらする。石童丸はうけとりて、ふもとの宿におくだりある。

【24】母御台が亡くなる

これは石童丸《いしどうまる》の御ものがたり。さておき申し、もののあはれをとどめしは、学文路《かぶろ》の宿にござありし御台所《みだいどころ》にて、諸事《しよじ》のあはれをとどめたり。あらいたはしや御台は、一両日をまちかねて、かぜのそよとふくおとも、つまどのきりりとなるおとも、いまは石童丸か、さてつまの便宜《びんぎ》もあるかとて、なげかせたまへども、そのかひさらになかりけり。

あらいたはしやお御台は、「なう、いかに与次《よぢ》どのよ。さてをさないを御山《おやま》へのぼしてに、けふ七日にまかりなる。いまやいまやとまちかぬる。けふもこぬかやかなしやの。明日もこまいかかなしやの。しらぬ山ぢにふみまよひ、みちをわすれてまだこぬか。ただしちちにたづねあひ、こひしゆかしきものがたりに、はなるる事をえしらいで、ちち御にあうてもかへらんか。なうなう、いかに与次どの。さてみづからはけふのひを、えすごすまいとの覚悟《かくご》なり。もしもむなしくならば、はだにこがねの候ふを、与次どのにまゐらする。かげをかくいてたまはれの。はだのまぼりとくろきの数珠《じゆず》をば、をさないものがくだりたらば、これをかたみにやりてたべ。鬢《びん》のかみをばなう、国もとにのこしおく、あね千代鶴《ちよつる》にとどけよと、をさないものにやりてたべ。いまもこぬかまだこぬか。まだまゐらぬかやかなしやの。なう、

1　もしかしたら。ひょっとすると。

2　底本「さふらふ」。

3　私を葬って下さい。

いかに与次どのよ。つまのゆくへはきかずとも、一度あいたや石童や。こひしこひし」とのたまひし、[4]そのこひかぜやつもりけん、さて[5]定業《ぢやうごふ》やきはまりけん。をしむべきはとしのほど、をしかるべきはみのさかり、あけ三十を一期とし、あすのひをまちかね、こよひむなしくおなりある。

やどの与次はきもをけし、かりそめに、たびの上臈《じやうらふ》さまにおやどをまゐらせ、うきめをみる事のかなしさよ。あすは早々《さうさう》御山へのぼり、をさない人をたづねばやとおぼしめし、五更《ごかう》に天もひらくれば、与次は[6]こしらへ、御山へぞのぼりける。

【25】母の死を嘆く

あらいたはしや石童丸《いしどうまる》は、卒塔婆《そとば》をかたげておくだりあると、不動《ふどう》坂《ざか》にておあひある。与次はこのよしみるよりも、「さてもこれなるを

4　恋しさのあまり病気になったり、死んでしまったりする時の慣用句。恋しさが積もりつもったためであろうかの意。

5　底本「しやうこう」。「定業ヂヤウゴフ」（文明・易林）。「Giŏgô」（日葡）。「定業が極まる」で運が尽きるの意。「俄ニ重病ヲ受テ起居モ更ニ叶ハズ、定業極リヌト見ヘケレバ」（太平記・二十・結城入道堕地獄事）。

6　身じたくを整えて。

さないは、それほどはははの御最期《ごさいご》を御存じあつて、卒塔婆をかきてござあらば、などきのふにおくだりあり、はははのしにめにおあひないぞ」。

石童丸はきこしめし、「これはははうへさまの卒塔婆にてはござないぞ。ちちの卒塔婆でござあるぞや。かどいでわるや。ははの卒塔婆とはなにごとぞ。あら[1]ものわるのこの卒塔婆」とて、たにへからりとおなげあるが、与次《よぢ》とうちつれて、[2]たどろたどろとおくだりある。いそぐにほどのあらばこそ、刹那《せつな》があひだに、学文路《かぶろ》の宿《しゆく》におつきあれば、つまどをきりりとおしひらき、屛風《びやうぶ》ひきのけみたまへば、あらいたはしやははうへさまは、きたまくらににしへむいて、往生《わうじやう》とげておはします。死骸《しがい》にかつぱといだきつき、「これはゆめかやうつつかや。ゆめならば、はやさめよ。[3]うつつならばとくさめよ」と、[4]おもてをかほにおしそへて、「なうなう、いかにはははうへさま。[5]たづきもしらぬ山なかに、石童丸は、たれやのものにあづけおき、すてていづくへゆ

1 不吉な。縁起の悪い。
2 足どり重く歩くようすを表す。同系の表現に「たどりたどり」「たどろたどろ」。「たどろ〳〵と行く程に、嵯峨の道をば知らずして、北山に迷ひける」（横笛草紙）。
3 夢か現実かはっきりとしない状態。「ゆめうつつ」の形式で用いることが多かったため、中世頃から「うつつ」にも夢のようなぼんやりした状態を表す使い方が生じた。
4 古くはオモテは顔を、カオは容貌を表した。その後両語とも意味変化があり、中世にはオモテは表面を、カオは容貌のほか、顔を表すようになった。「おもてをかほにおしそへて」は少し古風で上品な感じに聞こえたかもしれない。
5 底本「たつき」。「Tatçugi／Tatçuqi」（日葡）。「方便タツギ」（書言）。中世・近世はタヅキ・タツキ・タツギの三様。頼りにするもの。

きたまふ。ゆかでかなはぬみちならば、ともにつれてゆきもせで、一人ここにのこしおき、うきめをみせさせたまふぞ」と、いだきついてはわつとなき、おしうごかいてはわつとなき、流涕《りうてい》こがれ、きえいるやうにおなきある。

[6]さてあるべきにてあらざれば、きよきみづをとりよせて、あきもせぬくちをあけ、[7]こゆびにみづをむすびつつ、「いままゐらするこのみづは、おなじ冥土《めいど》におはします、繁氏《しげうぢ》さまの、末期《まつご》のみづでござあるぞ。よきにうけとり成仏《じやうぶつ》めされ候へや。またまゐらするこのみづは、国もとにのこしおく、あね千代鶴《ちよつる》の末期なり。よきにうけとり成仏あれ。またまゐらするこのみづは、これまで御とも申してに、あつて甲《か》斐《ひ》なき石童丸がたむけなり。よきにうけとり、成仏めされ候へ」と、もだへこがれておなきある。諸事《しよじ》のあはれときこえける。

6 このままにしておけないので。
7 小指で水をすくいとり。

【26】苅萱とともに母を送る

あらいたはしや石童丸《いしどうまる》は、みづからここにて、[1]たのむしまもあらざれば、御山《おやま》へのぼりてに、蓮華坊《れんげばう》へおまゐりあり。「なうなう、いかにあひ弟子《でし》さま。ふもとにござありしははうへさまも、むなしうおなりあつてござあるが、あひ弟子さまをたのみ申すなり。かげをかくいてたまはれの」。

ちち道心《だうしん》はきこしめし、「おつ」とこたへて、石童丸とうちつれて、ふもとをさいておくだりあるが、学文路《かぶろ》の宿《しゆく》もちかくなる。道心《だうしん》心におぼしめすは、さてもかしこきあのこにて、御山にてかやうのものにあうたると申すなら、御台所《みだいどころ》がきくよりも、それはあひ弟子ではなうて、なんぢがちちの道心にてあるらんと、[2]たばかりくだし、[3]懺悔《さんげ》さしやうと心えて、[4]いつはらばやとおぼしめし、ただいま、おもひだいたる風情《ふぜい》にて、「なう、いかにをさないよ。この山の作法《さほふ》にて、ふもと

1 頼りにできる人。

2 道心を欺いて、山から下して。

3 還俗のために懺悔させようと考えて。これに続いて、石童丸を再び山に上せたのだろうという内容の文があるべきところ。

4 石童丸をだまそうと。

5　下るときには必ず。

6　これは他でもない、まさに僧の務めである結縁の機会なのです。

へ[5]くだれば、師匠《ししやう》にひまをこふがならひなり。御みがしつたるごとく、けさいとまをこはでくだりたぞ。まづ御みはゆきたまへ。それがしはいとまをこひ、やがてあとよりまゐるべし」。石童丸はきこしめし、「なう、いかにあひ弟子さま。いとまこふはときによる。[6]これはころものうへの結縁《けちえん》なり」とお申しあれば、げにもやとおぼしめし、ふもとをさいておくだりある。

学文路の宿にもおつきあれば、与次《よぢ》はこのよしみるよりも、「いままではたれやの人とおもひしに、蓮華坊《れんげばう》にてござあるか。かりそめながら、たびの上臈《じやうらふ》さまにおやどをまゐらせて、うきめをみることよ。われらもそれへまゐりたくは候へども、たびうとあまたおつきあつてござあるほどに、よきにかげをかくしてたまはれなう」。道心このよしきこしめし、人のないこそうれしけれ、あひの障子をさらりとあけ、屏風《びやうぶ》ひきのけみたまへば、きたまくらににしむいて、往生とげておはします。死骸《しがい》にかつぱといだきつき、さぞや最期《さいご》のそのときに、みづからうらみたまふらん。かはる心のあるにこそ、かはる心はないものを。後生をとうてまゐらせん[7]。これにつけても、石童が心のうちのさぞあるろ[8]。あまりになげくものならば、あの石童がさとるらんと、しのびなみだをおしとどめ、かみそりをとりいだし、かみおろさうとめさるるが、なにか十三年さきに、すてたる御台の事なれば、よしみあしみがおもはれて[9]、かみそりたてども[10]みもわけず。されどもかみをば、四方浄土《しはうじやうど》とそりこぼし、のべのおくりをはやめんと、さきを道心[11]、あとは石童丸のおかきあるが、あらいたはしや石童丸は、こぼるるなみだのひまよりも、くどきごとこそあはれなり。

「わが国の大筑紫《おほつくし》にて、かやうの事のあるならば、大名《だいみやう》小名《せうみやう》、一門眷属《けんぞく》あつまりて、貴《き》[12]賤群衆《せんくんじゆ》にあるらんに、たづきもしらぬ高野《かうや》の事なれば、あひ弟子さまと石童丸と、ただ二人ならでは人もなし」。せん[13]

7　供養して仏のご加護を祈って差し上げよう。
8　「ろ」は推量「らむ(らう)」の変化形。石童丸の心の内はさぞかしつらいことであろう。
9　これまでの親しい交わりが思い起こされて。「あしみ」は語調を整えるために「よし」「あし」の対応から臨時的に添えられたものか。
10　立てるべき場所。たてどころ。
11　棺をのせた輿の、前を道心が、後ろを石童丸が担う。
12　底本「きせんくんしゆ」。「群聚クンジユ／グンジユ」(文明)。「Cunju」(日葡)。身分の高い人、低い人がたくさん集まったであろうに。
13　「千丈が野辺」で広い場所をいうか。

ちやうがのべにおくりてに、[14]梅檀薪《せんだんたきぎ》をつみくべて、[15]諸行無音無常《しよぎやうぶいんむじやう》と[16]三つのほのほと火葬《くわさう》する。煙《けむり》しむれば、[17]つづかん死骨をひろいとり、「なうなう、いかにをさないよ。このそりがみをおもちあつて、国にあね御のあるならば、いそぎくだらいをさないよ。この骨《こつ》はこの山の、骨《こつ》心堂《しんだう》にこむるぞ」と、そこにてもなのらずし、つきはなす道心の、心のうちこそあはれなり。

【27】千代鶴の死を知る

あらいたはしや石童丸《いしどうまる》は、ははのそりがみくびにかけ、筑紫《つくし》をさいておくだりあるが、路次《ろし》のとほきところにては、このそりがみをとりいだし、くどきごとこそあはれなり。「このそりがみのははうへさまと、たづねてのぼるそのをりは、路次もとほくなかりしに、いまの路次のとほきや」と、ないつくどいつなされてに、おくだりあればほどもな

14 梅檀は白檀の異名。香木の一種。釈迦入滅の際、梅檀をたいて荼毘にふしたという。
15 底本「しよきやうむをんむしやう」。「むをん」は未詳。写本「しよぎやうむじやう」。
16 未詳。
17 「ん」は打消「ぬ」。中世末の口語では「ぬ」はしばしばンと発音された。たとえば、捷解新語（初刊本）では打消「ぬ」は「ん」で表記されている。ばらばらに離れてしまった骨をいうか。

く、大筑紫《おほつくし》にぞおつきある。

大筑紫にもおつきあれば、やかたのうちに千部[1]の経《きやう》のおとがする。石童丸はきこしめし、「悪事千里《あくじせんり》[2]をはしるとは、ここのたとへを申すかや。ははうへさまの御最期《ごさいご》が、われよりさきにもれきこへ[3]、御とぶらひかやうれしや」と、やかたのうちへいらせたまへば、石童丸の御[4]ちやめのとは、ゆんでめてにいだきつき、「果報《くわほう》めでたの石童丸や。たづねおあひあつて、おくだりなされてござあるか。果報すくなの千《ち》代鶴姫《よつるひめ》や。御みのおのぼりなされてに、ははうへさまがこひしや、石童丸がかはいやの、こひしこひしとのたまひし、そのこひかぜやつもりけん、むなしうおなりあつて、きのふ一七日[5]にてあるあひだ、御とぶらひ、千部の経をよませ申す。これがあね御の、死骨《しこつ》そりがみよ」と、石童九にまゐらする。

石童丸はきこしめし、これはゆめかやうつつかや。おやともことも

1 追善や祈願などのために経典を千回読誦すること。また大勢の僧がいっせいに読誦すること。

2 普通「悪事」は法や道徳に背いた行為や悪い評判をいう。ここでは御台の死という不幸のこと。

3 自分が聞くよりも早く。写本「それがしよりも、さきにきこゑてに」。

4 石童丸の養育係の女性と男性。

5 「Ixxichinichi」(日葡)。昨日が初七日になるので。

御主《おしゆう》[6]とも、たのみにたのうだ千代鶴は、むなしくおなりあるとかや。これはゆめかやうつつかや。ちちにはおくれははにはおくれ、まして千代鶴姫も、いまはこのよにござなうて、死骨をみるぞかなしやな。かひなきいのちながらへて、詮《せん》なき事とおぼしめし、ともにはてんとおぼしめすが、まてしばしわが心、わがみも死するものならば、あとの菩提《ぼだい》をとぶらふ人もあるまじや。もはやたのむしまもないほどに、国をば御一門にあづけおき、あね御の死骨そりがみくびにかけ、高野をさいてぞおのぼりある。

さても高野《かうや》の山の、ちち苅萱《かるかや》の道心《だうしん》は、をさないものを、国もとへくだしたるが、国[7]をばなにともちなすぞ。よそながらみてとほらうとおぼしめし、おひ[8]とつてかたにかけ、高野の山をいでさせたまふ。ゆくともどると、不動坂《ふどうざか》にておあひある。ちち道心は御覧じて、「さてもこれなるをさないものは、御山にながゐをつかまつり、国へはいま

6　主人。主君。
7　国でどのように処理したのか。
8　笈。身の回り品などを入れて背負う包み。

だくだらぬかや」とのたまへば、石童丸はきこしめし、「国へはくだりて候へど、国もとのあね御さまも、ははうへさまをまちかねて、むなしうおなりあつてござあるが、これがあね御の死骨そりがみよ」と、ちち道心にまゐらする。

【28】苅萱のもとで出家する

ちち道心《だうしん》はきこしめし、さてなさけなの次第《しだい》やな。さてそれがしこの山で、出家《しゅつけ》[1]の法《ほふ》はなさずして、人をころすかかなしやの。あのこにおやともなのりてよろこばせうとおぼしめすが、宙《ちゅう》にて心をひきかへし、あのこ一人になのるならば、黒谷《くろだに》にての誓文《せいもん》が、さてむになりて、無間《むげん》の業《ごふ》がおそろしや。えなのるまいかのかなしやの。「なう、いかにをさないよ。御みはこの山にてかみをそり、出家になりて、おや兄《きゃう》弟《だい》の、菩提《ぼだい》をとはせたまへ」とて、蓮華坊《れんげばう》へかへらせたまひて、かみ

1 衆生を救済すること。

を四方浄土《しはうじやうど》とそりこぼし、「かみそりての戒名《かいみやう》に、道心のみちの字をかたどりて、道念坊《だうねんばう》[2]と申すなり。後生大事《ごしやうだいじ》とねがはいの」。いたはしや道念坊は、御山《おやま》[3]にてきこりたまひける。

さるほどに御山の人々、「あの道心と道念と、師弟子《しでし》ながらなかのよいことはあるまじ」と、風聞《ふうぶん》こそはなされける。道心このよしきこしめし、人の心のさがんない[4]もの。真実《しんじつ》のおやことさとられては大事とて、「なうなう、いかに道念坊。さてそれがしは、北国修行《ほつこくしゆぎやう》にいづるなり。老少不定《らうせうふぢやう》のならひにて、きたに紫雲《しうん》[5]のくもたたば、道心坊が死したるとおもはいの。にしに紫雲のたつならば、道念坊の死したるとおもふべし」。いとま申して道心は、おひとつてかたにかけ、高野の山をたちいでて、みやこ新黒谷にて、百か日の別時念仏《べちじねんぶつ》[6]をお申しあつて、そこにも心のとまらずし、新黒谷をたちいでて、信濃《しなの》の国善《ぜん》光寺《くわうじ》の、おくの御堂《みだう》にとぢこもり、後生大事とおねがひある。

2 底本「とうねんはう」。
3 山で木を切る。写本「落合の水をくみ、山ゑ行きては木をこり」。
4 「さがなし」の変化形。人の心はいじわるなもの。
5 紫色の雲。この雲に乗って仏が来迎するという。
6 特定の期間の念仏。

ことに寿命《じゆみやう》はめでたうて、八十三と申すには、八月十五日午《うま》の刻に、大往生《だいわうじやう》をとげらるる。きたに紫雲のくもたてば、高野《かうや》の山におはします、道念坊も、六十三と申すには、おなじひのおなじ刻《とき》に大往生をとげたまふ。きたに紫雲のくもたてば、にしに紫雲のくもがたつ。紫雲と紫雲がまはりあひ、たなびきあふこそめでたけれ。このよにてこそおなのりなくとも、もろもろの三世《さんぜ》の諸仏《しよぶつ》、弥陀《みだ》の浄土《じやうど》にては、おやよ兄弟《きやうだい》ちちははよと、おなのりあるこそめでたけれ。異香薫じて[7]、はながふり、三世の諸仏御覧じて、かやうにめでたきともがらをば、いざやほとけになし申し、末世《まつせ》の衆生《しゆじやう》とをがませんとおぼしめし、信濃の国の善光寺、おくの御堂に[8]、親子地蔵《おやこぢざう》といはれておはします。親子地蔵の御ものがたり、かたつておさめ申す。国も富貴《ふうき》ところ繁盛《はんじやう》、一念後生《いちねんごしやう》は大事なり。

7 芳香が強く匂って。

8 冒頭の語り出しでは、善光寺如来堂のゆんでのわき。

『説経 かるかや』現代語訳

【1】繁氏は遁世を決意する（pp.11–13）

（p.11）いまここで、皆様に申し上げます話は、どこの国の話かと申しますと信濃国は善光寺の如来様の左側の傍らにございます親子地蔵と呼ばれて、まつられております親子地蔵がなぜここにまつられたかのお話です。話の糸口を捜すと大九州は筑前の国となります。松浦《まつら》一族の棟梁でした繁氏殿は、筑後・筑前・肥後・肥前・大隅・薩摩の六カ国を知行しておりました。その住まいはまるで、京の内裏かと思われて、家の四面に春夏秋冬を配して庭が造られていた。春は花見の御所になり、夏は涼みの御所になり、秋は月見の御所になり、冬は雪見の御所となった。四季の風情を考えて、家は建てられていた。が、時はいつのことだったか、ある年の春なかば、一家親戚はもちろん、仕えている人々まで集まっての花見の会が計画された。

（p.11）花見のご宴《えん》の座敷には、美しい髪の女性がおり、黄金の簾《すだれ》が掛けられ、大きい瓶《かめ》に大きい杯が準備された杯は、上座・下座の順序もなく、人の間を巡った。その時は、繁氏殿が杯いっぱいに酒をついでもらい、その手を膝に置いたとき、その時にふさわしくない風がヒューと吹いて、常日頃楽しみ親しんでいた地主桜と呼ばれる桜の、枝の根方の方の咲いた花ではなく、枝の先のまだつぼみの花が一つ散った。それも、その花は他には散らないで、繁氏殿が控えた杯に散り落ちて、一巡り、二巡りではなく、三巡りまで杯の中で巡ったのだった。

（p.12）繁氏はものの道理を見抜く人だから、とりあえず、この花を見つめられた。花でさえ、盛りになる前に散るのを見れば、老少不定の言葉も眼前に見る思いだ。「これこれ、ご一門の人に申し上げたい。私に出家を許してください。遁世修行のために」とおっしゃった。

（p.12）ご一門の衆はお聞きになって、「花見のご宴の座敷で、花の散ったのになにか問題でもありますか。出家を思いとどまってください。繁氏殿」。繁氏はこれを聞いて、「桜の花でも老少の順番通りに散るのなら、木末《こずえ》のつぼんだ花は木に残り、開いた花が散るはず、それなら順序通りの散り方だ。開いた花が木に残り、つぼみの花が散るときは、老少不定の理そのままだ」。

（p.13）ご一門の衆はお聞きになって、「六カ国を領土とし、八万名の軍勢の大将で、なにが不足で出家とおっしゃるのですか。それぞれ、いっぱんに遁世というものは、自分より力のある侍に自分の知行を奪い取られ、生活していけないときにするのが遁世です」。これを繁氏は聞いて、「自分の領地を自分より力の強い侍に奪い取られ、生活できなくなっての出家は、生きていくためのものである。名誉豊かに、財産豊かなのを振り捨ててこそ、本当にあの世の供養になるのだと思う、どう止めても、結論を出した繁氏をとめることはできまい」と言葉を掛け、座っていた座敷をどんと立って、持仏堂にお移りになった。

【2】御台は翻意を乞う（pp.13–15）

（p.13）この事件が北の方の耳に入って、三つになる千代鶴姫を乳母に抱かせて、薄衣を頭に掛け、持仏堂への渡り廊下を通って、繁氏殿が日頃住まいとされている持仏堂に出かけ、間を隔てる板障子をさっと開けて、繁氏殿のお姿を、上から下、下から上と見つめて、あれこれの言葉はなくて、涙が流れて下りました。「もしもし、わが夫に申します。耳にしたところでは、花見のご宴の座敷で、桜が散ったのを御覧になって、遁世修行をするとおっしゃったと聞きます。花見の宴で花が散ったことが御不満ですか。出家を思いとどまってください、繁氏殿」。繁氏はそれを聞いて、「ご一門の衆が止めても止まらなかった繁氏の出家を、どんなふうに止めても止まることはない」と口にされた。

（p.14）御台はこの事を聞いて、「今言おうか、言うのを止めようかと思っておりましたが、今申さないではいつ口にすることができましょう。口にするのも恥ずかしゅうございますが、繁氏殿は二十一、私は十九です。二人の子どもに千代鶴三歳がおります。女の身として夫の不浄を身に受け取り、お腹《なか》に七月半になる子供がおります。出家を思い止めることができないなら、三カ月経つのは直ぐのことですから、三月経って、身が二つになったなら、子供は乳母に預け、あなたはどこかの山寺にこもり、念仏三昧でお過ごしください。私も高野山の麓に出かけ、柴の庵を建てて、尼の姿になり、月に一度、垢に汚れたあなたの僧衣を洗濯して差し上げますが、繁氏殿いかがでしょう」と出家をお止めになった。

【3】繁氏が屋形を出る（pp.15–17）

（p.15）繁氏はこの話を聞いて、蛇身と書いて女とよむ。ものの道理のわからない女と問答するのは、夫の愚かな振る舞いと考えて、直ぐに納得した。御台所はご一門の衆がお止めになっても止まらなかった私の夫だったが、私が出かけてお腹の中の子供のことを話してみたら、出家の志を止められたのはうれしいことと、明日になったら、筑紫の大名衆を集めて、夫の出家を止めようと考えて、お喜びはこのうえなかった。

（p.16）繁氏は、あの御台が残り三カ月と言って、出家の志をとめたが、筑紫の大名衆を集めて、私の出家の志を止めようとするのは決まったことだ。出家をとどまれば、極楽往生ができない。止まらないと繁氏の人格欠如になる。いや、時も日数も必要ない、雨が降らないのが縁起もよいと、紙と硯《すずり》を取り出して、手紙に思いをこまごまと書いた。「さて、奥様に申します。奥様への心が変わったのではありません。心変わりがあったら、私への恨みも生じるのでしょうが。この世での二人の縁は薄いかもしれませんが、また、阿弥陀様の極楽浄土で生まれあいましょう」とお書きになった。「腹の中の七月半になる幼な子は、生まれて大人となった時、男なら名を石童丸とおつけになり僧侶にしてください、女の子なら、その子は奥様の考え次第に。くれぐれも、奥様に申します。この世での縁は薄いものとしても、阿弥陀如来の極楽で同じ蓮の葉の上に生まれあいましょう」と手紙を書き終えて、髻の髪を一房切って、文を見ろと考えて、かた時もお離しにならない腰の刀と置き手紙を持仏堂にしっかと置き、油火の灯心を少し引き上げて、履いたこともないごんず鞋を履き、立派な屋形を夜の闇にまぎれて出立なさった。

【4】都をめざす（pp.17–18）

（p.17）苅萱の荘を通過して、芦屋の山のはずれ、博多の宿、小松の浦からは舟に乗り、赤間が関に到着した。長門の国の国府はあれかしらと、目を向けて、安芸の国へと歩みを進めた。厳島神社の弁財天はそっちの方と拝礼し、備後・備中は通りすぎて、備前の国にとやって来た。あら面白い名の長船よ。伊部・かうかを通り抜け、播磨の国に入ると、仏法はここで盛んなくろもとの宿、御着・かけかわを通りすぎ、光りは照らさないが阿弥陀の宿。明石の名ではあるが夜はやはり暗い。須磨の浦は流された人が多くなぜか心細い。雀の松原・御影の森を過ぎ、西宮にお着きになる。これから先の地名はどこかと聞くと、かんこのむこうが宇野辺の町だ。しばらくここで逢ったという太田の宿。用はないけれどようじ川。なにか難しい宿の名だ。ごみが流れる芥川。まだ夜も深いのか月が高い高槻を過ぎ、山崎の宝寺を過ぎ、この先はどこかと尋ねると、石清水八幡宮はあちらと川向こうを拝む。舟に乗らないが漕ぐの名がある久我畷。東寺の門と近くの羅生門を過ぎる。羅生門は荒れ果てていて、石の基壇だけが残っている。五条の大橋を足を引きずりながら渡ると、急ぎのたびでもあり、わずかの期間ではあるが、日数は三十九日に東山の有名な清水寺に、お着きになった。

【5】法然上人をたずねる（pp.19–21）

（p.19）繁氏は清水寺の中の音羽の滝に下って、うがいし、手を洗って身を清めた。礼堂にお参りした。鰐口をジャンと鳴らし、「南無大慈大悲の観世音。楽の上に福、福の上に徳をくださいと申せば、神に勘気はこうむるものだ。遁世者として生き方をさせてください」と法師になりたいと拝礼して、勧進聖に近づいて「これこれ勧進聖、都にある霊仏・霊社を教えてください。お聖さま」。御聖はこの願いを聞いて、「こちらにお入りなさい」と言って、西門にまでお供して行った。

「あれあそこを御覧ください。西の方に遥かに見えるのが愛宕山です。その麓は嵯峨野、法輪寺、太秦寺も見えます。こちら側は松の尾の七社の明神です。それに新熊六社の大明神、御霊八社の大明神です。こちら側は、北野で、南無天満自在天神です。北方に遥かに見えるのは鞍馬の大悲多聞天です。賀茂神社の御手洗川、貴船の明神と連なります。京市内に入ると、経書堂に、六波羅が見えます。誓願寺はあそこです。東山に近づくと、祇園・清水寺・三十三間堂・東福寺、以上が京都の霊仏霊社です。拝んでその前を通りなさい。若侍よ」。

（p.20）繁氏は以上を聞いて、「それは都の地神の神々のことです。五山か、十山のことをお聞かせください」。勧進聖はお聞きになり、「自分のような出家者にはわかりやすく話してください」。繁氏はお聞きになり、「自分のような俗人が髪を切って、出家になる寺はあるか、教えてください」との言葉だ。お聖はお聞きになり、「それはもちろんございます。比叡の山西塔の北谷に法然お上人と申す方は、大原の古い家に住んで、百か日の大原問答をなさいました。その後この地から東山に分け入って、新規に寺をお建てになりました。それで寺の辺りを新黒谷と申します。あの世の極楽往生を願う中心の土地ですから、まず最初にこの土地にお参りして、そこで出家なさい」と言った。

（p.21）繁氏はお聞きになり、「それならついでに、道を教えてください」と言うと、「祇園の林の山はずれ粟田口を、北においでください。すると間違いなく黒谷につきます」。繁氏はお聞きになり、「そこで髪を切って、出家になることができたら、もう一度お礼に参りましょう」と、別れの挨拶をして、清水坂を急ぎ下り、轟橋を渡り、祇園の林の山はずれ粟田口を過ぎて、黒谷にお着きになった。

【6】出家を頼みこむ（pp.21−23）

（p.21）お上人にお会いして、「十念を授かって、信仰に入れて頂きたい。ついでのことに、私の髪を切って出家にしてください」とのお言葉だった。「門の外に遁世者は入場禁止とかいてなかったか。札を立てた以上は髪を剃ることはない」と口にされると、繁氏はお聞きになり、「どうして極楽に通じる寺の門に出家希望者禁止とかいてあるのですか。私が国で聞いたところでは、都には洛下・洛外と言って広い範囲で、道を通る俗人をも取り押さえて髪を切ってこそ広い都と申せましょう。この寺で髪を剃らなくても、再び国に帰るでしょうか。この寺の門外に出ることでしょうか。門の唐居敷をお部屋として、扉を屏風と思って、五日でも十日でも、水と食事を絶って、餓死することにしましょう。その後に、お上人の耳に入り、引導を渡すことになるのは間違いありません。直ぐにそられるのも、死んで剃られるのも、剃られることに変わりはない。出家も俗人も外見ではありません」と心に決め、死を覚悟して伏せっていた。

（p.22）都の信者たちは、これを御覧になって、「ここにいる若い侍は昨日もここで寝ていたが、今日もここで寝ているよ。どんな望みが叶わないから寝ているのだろう」との発言だ。繁氏はお聞きになり、「私は草深い遠い国の者ですが、髪を剃って、出家にしてくださいと申しますと、髪は剃らないとのお言葉でしたから、それでここに寝ているのです」とのお返事だった。都の信者たちはこれを聞き、法然の前で、このことをこうだとお申しあげた。

（p.23）お上人はお聞きになり、繁氏を御前に呼び出して、「これ、若侍に申しておくことがある。お前の髪を剃るまいものではないが、お前のような若侍が、親に勘当されたとか、主人の怒りをこうむって、この寺にやって来て、五日や十日は出家ができるが、ところが、親が尋ねてくる、妻子が尋ねてくるとかで、また還俗することになると、剃った上人も剃られた人も、阿鼻地獄・無間地獄に落ちることになる。それで、門外に遁世者は受け付けないとの札を立てたのだ。おまえも国もとから親が尋ねてきたとしても、子が尋ねてきたとしても、逢うことも見ることもしない、また還俗することはないと、誓いの文章を書きなさい。髪を気軽に剃ってあげましょう」とのお言葉だ。

【7】大誓文をたてる（pp.24－28）

（p.24）繁氏はお聞きになり、昨日もすぐにはお言葉がなくて、お情けないお上人のお言葉です。誓いの文を書いてでも髪を剃ろうとお思いになり、繁氏は湯殿におりて、二十一度水を身に浴びて身を清め、誓文をする場所に座った。

（p.24）「南無筑紫の宇佐八幡、国もとにいたときは、弓矢の力によって、国を豊かにお守りあれと願ったが、今日からは願いを変えて、出家遁世としてこれからの人生を生かしてくださいと願うことにしよう。

（p.24）謹上散供《きんじょうさんご》再拝《さいはい》、敬って申し上げます。天上界から申し上げますと、天上界には梵天、帝釈、四天王、五道の冥官、大きな神は泰山府君。

（p.24）下界の地には、伊勢は神明天照皇大神宮、外宮が四十末社、内宮が八十末社で、合わせて百二十末社の神々をこの誓文の中におろします。伊賀の国には大明神、熊野に三つの御山、新宮は薬師、本宮は阿弥陀、那智は飛滝権現。ほかに、滝本に千手観音、神の倉に龍蔵権現、湯の峰に虚空蔵。天の川に弁才天、大峰に八大金剛、高野に弘法大師。吉野に蔵王権現・子守・勝手・三十八社の大明神。多武の峰に大織冠、長谷に十一面観音、三輪の明神、布留は六社の牛頭天王。奈良は七堂大伽藍の地。春日は四社の大明神、木津の天神、宇治に神明、藤の森の牛頭天王。八幡《やわた》は正八幡大菩薩。愛宕は地蔵菩薩、その麓には清涼寺には三国一の釈迦如来。梅の宮、松の尾の大明神、北野に天神、鞍馬に大悲多聞天、祇園には三社の牛頭天王。比叡の山の伝教大師、中堂には薬師、山の麓には山王二十一社、遥かに下って白鬚の大明神、琵琶湖の上には竹生島に弁才天。近江の国で人気となっているのはお多賀の明神。

（p.25）美濃の国にはなかへの天王。尾張の国で人気となっているのは津島の祇園、熱田の大明神。三河の国には矢作の天王。遠江には牛頭天王。駿河の国には富士権現。信濃の国には諏訪の明神、戸隠の大明神。甲斐の国には一宮《いっきゅう》の大明神。伊豆の国には三島の権現。相模の国には箱根の権現。

（p.26）関東には、鹿島・香取・浮洲の大明神。出羽の国には羽黒の権現、奥州に塩釜六社の大明神。越後の国には蔵王権現。越中の国には立山権現。能登の国には石動の大明神。加賀国には白山大権現。越前には御霊の宮。若狭の国には小浜の八幡。丹後の国には切戸《きりと》の文殊、あかりか明神。但馬の国には一の宮の大明神。丹波の国には大原の八王子。

（p.26）摂津《つ》の国には昼神《ひるがみ》の天神、西宮《にしのみや》の若恵比寿。河内の国には、恩地・枚岡の大明神、誉田《こんだ》の八幡。天王寺は聖徳太子・十五社の大明神。住吉四社の大明神。堺には三つの村の大明神。和泉の国には大鳥五社の大明神。紀伊の国には淡島権現。淡路島には、千光寺はこの世の始まりに出てくる所、十一面観音、諭鶴羽《ゆづりは》の大明神。

（p.26）四国に入ると、阿波の国にはつるが峰の大明神。土佐国には御船の大明神。伊予の国には椿の森の大明神。讃岐の国には志度の道場。九州、繁氏の領地には、宇佐、羅漢、くもひくひほ天王、阿蘇の御岳、志賀、宰府、鵜戸、霧島、高来の温泉神社にお越しいただく。

（p.27）播磨の国には、一の神戸《こうべ》、二に八幡、三に酒見の北条寺、室の大明神。備前の国には、吉備津の宮。備後にも吉備津の宮。以上三国の守護神もお越しいただく。伯耆の国には大山地蔵権現。出雲の国の大社、神の父に佐太明神、神の母は田中の御前。

（p.27）そのほかに、山には木精《こだま》、石には梵天、海には八大竜王、河には水神。人の家の内を見ると七十二社の家の神、二十五王の竈の神、道ばたの道祖神までこの誓文にはお越しいただく。

（p.27）私のことは申すまでもないが、一家の人一門の衆、この世の父母までも、無間地獄や三悪道に落とすことのないように、国もとより親が尋ねて来ても、妻子が尋ねて来ても、二度と対面致しません。私は独り身ですから、ぜひとも髪を剃って、出家にしてください」と誓文をおたてになったが、身の毛もよだつほどの雰囲気だった。

（p.28）お上人はお聞きになり、「今どき立派だ、若侍。髪を剃ってあげましょう」と、たらいにお湯を入れ、欲にまみれた身の垢をすすいで、髪を四方浄土と四方に剃り落とした。「これこれ若侍、髪を剃るためには、故郷国もとを名乗るものだ。国はどこの人だ」。繁氏はお聞きになって、「国は筑前の国、住む所は苅萱の荘です」とお答えになった。「それなら、お前の名前は苅萱道心とつけてやろう」。道心にお渡しになったものは、古い僧衣と古い袈裟をお渡しになって、「これこれ苅萱に申しておく。五つの僧侶としての戒めを身にいただくが大事だぞ。それ出家は人が栄えることをうらやんではいけないし、衰えるのを悲しんでもいけない。それが出家だ」。夕方は星をいただき、朝は霧を払って、お上人に奉公する様子は、黒谷に法然様の弟子は多いが、苅萱はその中で一番とうわさされた。

【8】高野山に移る（pp.29–31）

（p.29）これらのできごとは、つい昨日のことと思われたが、黒谷に十三年の月日を送った。十三年目の正月に初夢を見て、苅萱道心はお上人の前にやって来て、「私においとまをください。高野山にのぼろうと思います」と申す。上人はお聞きになり、「どうした苅萱。高野山でも念仏は念仏、黒谷でも念仏は念仏。黒谷で仏道修行して、一生を過ごしなさい。その時、引導を渡してあげましょう」との返事だった。「さて、お前は高野ではなくて、もう一度国に下り、還俗しようとしているのは間違いない。本当に国に下ろうというなら、一晩の懺悔《ざんげ》話は限りない罪も消えると聞く。懺悔をなされ。いとまは簡単に与えてやろう」と言う。

（p.29）道心はお聞きになり、「お情けのないお言葉です。普通、人の性質は、三日から五日もすればわかると聞きます。約十三年も奉公を申したのに、それなら、懺悔話を申します。この寺にやって来て、ひどく髪が剃りたかったので、親も妻子もおりませんと申しました。私は二十一、妻は十九、二人の間に千代鶴姫という名の三つになる子がいます。妻の腹の中に七月半そだった子供を捨てて京へ上りました。それが、腹の中の子が生まれ、成人し、母とともにこの寺に訪ねて上り、衣のすそにすがりつき、還俗してください道心、落ちてくださいと繁氏様と名前を告げる夢を見ました。夢とはわかっていたけれど心は乱れました。万が一、そんなことになったら、たてた誓文の罰にこの身は死ぬことになるに違いない、悲しいことだ。さしあたって、女性ののぼれない高野にのぼりたい」と申すと、お上人はお聞きになり、「そういうことなら、いとまをやろう。高野で満足できないなら、またこの寺に戻ってきなさい」と。

（p.30）別れの南無阿弥陀仏をいただいて、黒谷を出発して、どこへ行くかというと、東寺の前を過ぎて、どこへ行くかというと、八幡《やわた》正八幡宮を伏し拝む。先はどこかと急ぎ行く。四天王寺にお着きになる。亀井の水に、法界衆生の往生を願い、経木に書いて水に流す。堺の浜は直ぐに過ぎ、有名な大野の柴はここだったか。中の谷は直ぐに過ぎ、木の実峠も直ぐに過ぎ、急ぐ旅なので、紀の川に舟を頼んで、向こうに渡れば、清水の町。急ぐ旅なので早くも、不動坂にかかり、高野山で有名な大塔の壇にお着きになった。

（p.31）大塔・金堂・御影堂《みえいどう》・四社明神は甍を並べて建ててある。特別に丁寧に伏し拝み、それから、山中蓮華谷に、有名な萱堂にお籠もりをして、来世が大事とお祈りした。

【9】石童丸が生まれる（pp.31－34）

（p.31）ここまでは繁氏殿の話である。それはさておき、特に哀れだったのは、国もとにいた御台所のことで、かわいそうなことこの上なかった。その晩のことだった。いつもは繁氏殿の念仏の声が聞こえるが、今夜は念仏の声が聞こえないと心配で、薄衣を頭から掛けて、渡り廊下をすっと過ぎ、持仏堂にすばやくやって来た。板障子をさっと開け、持仏堂の中を見てみると、油火の灯心が少し引き上げてあった。旅に出発したと思われ、旅装束はなくなっていた。御台所は、ヤア私の夫は今夜のうちに忍び出発なさったよ。これほど簡単に決断されるとわかっていれば、今晩一晩は繁氏殿の相手をし、後々の思い出にもしたものをと、涙はむせんで頬を伝った。

（p.32）涙を流しながらも、持仏堂の中を見てみると、置き文と少しの間も身から離さない脇差しがあった。取り上げて、拝見すると、「御台所様へ、心変わりしたわけではありません。心変わりがあるのなら、深い恨みも生まれましょうが。この世の縁は薄くても、あの世でまた会いましょう」と書いてある。「腹の中の子供は生まれて、成人したときに、男なら、石童丸と名をつけて、僧侶にしてください。女であったら御台の考えにしたがって」と書いてある。「よくよく御台所に頼むのは、この世の縁が薄くあっても、あの世では、阿弥陀様の極楽で巡り会いたい」と書いてあった。

（p.33）御台所はこの手紙を御覧になって、「私の夫がこれほど決断をしたのに、どうして自分は思いきれないのだ。どこの淵や瀬でいいから死にたい」とひどく苦しんだ。

（p.33）お付きの女房たちの中の唐紙の局と申す人が、「これは、とんでもないことをおっしゃる。普通の体ではない。身が二つに分かれたら、その後、夫の手紙をきっかけに、行く先を訪ねるなら、私が奥様をお連れします」と言った。

（p.33）そのことは昨日今日のことと思われたが、出産予定の十月《とつき》たつと、赤ちゃんをお産みになった。男の子か、女の子かと見てみると、玉もかがやく、瑠璃のような若君でいらっしゃった。父親はいるのに、テテなし子と呼ばれることが残念だった。それだが父親の置き手紙の通りに、名前は石童丸とつけられた。石童丸の成長は、ものにたとえると、夕方に生えた竹の子が夜中の露に育てられ、尺の単位で伸びるような速さだった。

【10】母とともに繁氏を探す（pp.34－37）

（p.34）成長の思い出はつい先日のことと思ったが、早くも石童丸は十三になった。春の頃、長女の千代鶴姫は、女房達に誘われて、外に花見にお出かけになる。石童丸と母御様は、縁側に出て、お庭の花を見ていた。花の小枝にツバメという鳥が、十二の卵を育てていた。生まれた順に並べていた。「ちっちっ」とさえずる声は面白かった。石童丸は御覧になって、「もしもし母御様、あの鳥はなんという名の鳥ですか。母御様」。御台様はこのことを聞いて「まだ知らないのか石童丸。あれは常磐の国から春に来て秋帰るツバメという鳥ですよ。あのように、ちっちっとさえずるように聞こえるけれど、法華経の一の巻の文では、「止止不須説我法」と鳴くそうだ。どれほど親孝行の鳥であることか。あちらは父鳥、こちらは母鳥。中に十二は小鳥です。石童丸も母に孝行しなさいな」。

(p.35) 石童丸はこれを聞き、「あのように、空をとぶツバメ、地面を這う山野の獣《けだもの》、河川に住む魚でも、父と母がおりますよ。千代鶴姫と石童丸には、母という字はあるけれど、父という字がありません。ああ武士・侍のことですから、たまたまの口論、笠が触れた触れないの喧嘩、戦場での戦争なんかで討ち死にでもなさったのか。一年の内いつの日が命日ですか」。

(p.36) 母様はこのことを聞いて、「幼いときは、父とも母とも言わなかったが、背丈も大人になると父を捜す可愛い人よ。お前の父は、繁氏殿と申したが、花見の宴のお席で、花が散ったのをご覧じになり、それが出家の原因となって、若い出家を望まれた。耳に聞くには、京都黒谷で髪を剃って出家をなさったとうすうす聞きました。私も毎年手紙は出しているが、差し上げた返事を受け取って、返信がないときは、まだ、父御は生きておられるぞ」。石童丸はこれを聞き、「もしもし母上様。父が生きているなら、姉《ねい》さんと私に旅をお許しください。父親がこの世に生きているなら、父がこの世に居ないと思ったが、父御を訪ねたい」。母上はこのことを聞いて、なにか感じるところがあったのか、「それなら明日の出発と言ったら他人にばれる。ただ今夜、夜のうちに、忍んで出かけよう」とおっしゃって、旅装束を準備して、ああ嘆かわしいことに、二人の人は、この屋形を涙を流しながら旅立った。

【11】千代鶴を屋形に残す (pp.37–39)

(p.37) 親子の関係なので、妻戸がきりりと鳴る音が、寝ている姉の耳に入り、何か不思議だとお思いになって、ぱっとお起きになり、部屋の板障子をさっと明け、「母上様はいらっしゃるか、石童丸は居るか。さてどうしたことだ」とおっしゃるが、母上さまはいらっしゃらず、旅の装束のないことが、二人の旅立ちを知らせていた。

(p.37) 千代鶴はその事態を見て取って、母上様が常々おっしゃっていたことは、いつか石童丸が成人したら、父を訪ねて出かけようと言っておられたが、きっと今夜の夜のうちに、忍んで出発なさったに違いない。父に捨てられても、母には捨てられることはあるまいと思っていたのにと、自分自身も、それも裸足《はだし》で家を出た。親子の縁が深いので、五じょうが浜で追いついて、母の袂にすがり、ただ泣くばかりだった。

（p.38）涙を流しながら、母を恨む様子で、「エーイ母上様。まま子、まま母の間でこそ隔てをたてるものです。石童丸だけが父の子で、さてここで物言う私は父の子ではないのでしょうか。一緒に父親を訪ねて参りましょう」。

（p.38）母親はこのことをお聞きになり、「コレコレ千代鶴よ。間に仕切りはしないけれど、弟ではあるが、石童丸は男の子だ。道中の相手とならないで、道中の妨げになるだろう。それはどうしてかというと、これから向かう上方は、人の心が邪悪で、お前のような、姿形の善い姫は、取り押さえて売ると聞いている。お前が売られた買われたとなれば、来世までの悔いとなりましょう。お前は屋形に帰って、屋形の留守を守ってください。父親に尋ね会ったら、父親にもう一度会わせよう。早く早く帰りなさい」と言うと、千代鶴はこれを聞いて、「そういう理由なら、私は屋形の留守を守ることにしましょう。父御様に何か言付けがしたいのですが。ああ本当に忘れていた。私が六歳の時から、どなたかお坊さんに差し上げようと思って、自分の手で着物を縫って、持っています。これを父に差し上げてください。コレ石童丸よ。これは三歳で捨てられて、今年十五になる姫が自分で作った着物です。見苦しいとは思うけれど、お情けに着てくださいと父御に渡してください。やはり訪ねていくのなら、門出《かどで》をよくして、万事滞りなく、父御にお会いになってください。直ぐにもどって石童丸」と、さらばさらばと声を掛け合い、ついちょっとのつもりの別れが、この世での別れとおなりになった。

【12】上人から居所を聞く（pp.40－42）

（p.40）御台所と石童丸は、小松が浦より舟に乗り、順風にも恵まれて、尼崎の大物の浦にお着きになった。目指す行く先はと言えば、かんこを過ぎると宇野辺の宿、しばらくの間逢うという太田の宿、塵も流れる芥川、山崎を通り抜け、京都の都城に入ると、東寺の前をすっと過ぎて、急ぐ旅のことなので、まもなく、都の新黒谷にお着きになった。

（p.40）御台所はここを御覧になって、「ヤア石童丸よ。父御のおいでになる寺はこれです。自分が出かけて、お訪ねしたいはもちろんだけれど、自分が夫の恋しいときは、時々手紙を送ったが、差し上げる手紙は受け取っても、返事の手紙がないときは、もう二人の縁も尽きたと思ったぞ。私はここに待っているから、お前は親子のことだから、お会いくださるは間違いない。急いで寺に入ってください。石童丸」。

（p.40）石童丸はうけたまわり、お上人様のお前に参り、「ハイハイお上人様、質問がございます。こう語る私の父は、出身は九州の筑前の国、住み家は苅萱の荘、加藤左衛門、名を繁氏と申します。お年は二十一、母上は十九です。姉の千代鶴姫とて三つの歳、そして私が母の腹の内に七月半になったその時に、嵐に花が散るのを見て、若気の道心を起こして、このお寺にいらっしゃって、出家におなりになり、名は苅萱の道心となったと、風の便りに聞いています。母上様と私は父を尋ねて都へ上ってきました。父の在所を教えてください。お上人様」。

（p.41）お上人はこのことをお聞きになり、「確かに、正夢を見たようだ。コレ幼い者よ。お前の父の苅萱は、この寺にやってきて、髪を剃り、出家になっておいでになったが、ある夜の正夢に、国もとに残し置いた妻と腹の中で七月半だった子供が、生まれ成長して、この地まで訪ねてやって来る夢を見て、逢いたくない見たくないと私にいとまを乞い、今は女人の上ることのできない高野山にのぼっておいでになる。いたわしい幼い子供よ」とて、お上人も一緒になって涙を流された。

【13】母と高野山をめざす（pp.42–44）

（p.42）アアいたわしいことに、石童丸は暇を申してさらばと別れ、ご門の母御に抱きついた。なにも言わないで、袖を顔に当てて、ただわあわあとお泣きになった。母上はお聞きになって、「ヤア、コレ石童丸。父に会ってうれしさに、うれし泣きをするのか。さあどうしたどうした」と口にしますと、石童丸はお聞きになり、「イヤイヤ母上様。繁氏様はこのお寺にいらっしゃったのですが、母上様と私が訪ねてくるとの夢を御覧になって、逢いたくない見たくない語りたくもないと、今はもう女人の登られない高野山へおいでになっておられます。上人様のお話です。高野の山はどこの国にあるのですか。もしもし、教えてください母上様」。

（p.43）御台はこのことをお聞きになり、「ヤア、コレ石童丸。それほどにお嘆きあるな。お前につられて、心は乱れるが、父さえ生きているならば、どんな野原の端、山の奥、虎が住む広原の果てまでも、一度でいいから探しだそう。こちらへおいで石童丸」と、新黒谷を涙と一緒に出発して、四条の橋を渡る時「ヤア石童丸。あれが五条の橋ですよ。左の方に見えるのは、祇園・清水・稲荷です。右の方に見えるのは嵯峨・太秦・法輪寺、高いお山は愛宕山。都の名所旧跡を拝ませたくは思うけれど、父御に尋ね逢ったなら、下向の道では必ずお参りしましょう」。

（p.43）二人は手を取り、道を急ぐとほどなく、鳥羽の肥塚・秋の山、淀の河の水車は、夫を待つようにくるくる（来る来る）と回っている。八幡の山へ参詣し、南無八幡大菩薩、本地は阿弥陀様と聞くと、十分なお参りをして、交野の原を通り過ぎ、禁野の雉は子を思って泣いた話があるが、その舞台はここだとお聞きになり、鳥でさえ自分の子供を哀れと思うものだ。夫の繁氏殿は、自分の子のことを考えないのか、悲しいこと。宿を過ぎるとその宿は糸田の宿だった。窪津の明神を伏し拝んで、道を急ぐとほどなく高野山へ三里の道の麓の宿を学文路の宿と言うが、そこの玉屋の与次殿の宿にやってきた。

【14】与次に高野の巻を聞く（pp.44–46）

(p.44)「コレ石童丸。明日になったら、高野山に登り、恋しい父を訪ねて、会わせてあげよう」とのお言葉だった。与次はこのことをお聞きになり、「コレ旅の奥方様に申し上げます。高野山へは事情がわかって登山しようというのですか、それとも知らないで登ろうとのお考えですか。高野山と申しますのは、一里結界・平等自力のお山です。雄の木が峰に生えると、雌の木は遥か下った谷に生えます。雄鳥《おんどり》が峰を飛べば、雌鳥《めんどり》ははるか下の谷を飛びます。牡鹿《おじか》が峰で草を食べると、牝鹿《めじか》は谷で草を食べます。木・萱《かや》・草、鳥の類《たぐ》い、獣の類いまでも、男子というものは入ることはできますが、女子というものは入れることはありません。まったく、女人は嫌われてございます」。

(p.45) 御台はこのことをお聞きになり、「コレ石童丸に申しておこう。旅で一夜の宿を借りるのは、親と頼み、子と頼むようなものです。それを、こんなことを言う頼みがいない宿に泊まるより、いっそ寝られない月の美しい夜なら、この山にお前の父御がおいでになるのは間違いない。私のような者が登ろうとすると、女人結界と言って登らせないとの約束があるのは間違いない。さあ無理にも登ろう」とのお言葉だ。

(p.46) 与次はこのことをお聞きになり、女性を山にのぼらせれば法度に背くことになる。のぼらせないと奥方様のご意志にそむくことになる。「サテ奥方様に申し上げます。高野の巻というものを、秘密に聞いておりますが、そのおおむねを語って聞かせましょう。

【15】金魚丸が生まれる（pp.46–48）

(p.46) 弘法大師の母御と申しますのは、この日本の国の人ではありません。国で申しますと中国、そのお生まれは中国皇帝の娘さんでございました。あちこちの皇帝に祝言を済ませ、送りましたが、三国一の悪女でしたので、そのたびに、父のところに送り返されて参りました。父の皇帝は、くり抜いた舟に乗せて、西の海にこの女性をお流しになりました。その舟が、日本を目指して流れて参りました。その時、四国の讃岐の国白方の屏風が浦在住のとうしん太夫という漁師が、中国と日本の潮目にあるちくらが沖というところで、そのくり舟を拾い上げて見てみますと、三国一の悪女でした。そこで、とうしん太夫の養子にしたとも、下女として下働きをさせたとも言われています。名をあこう御前と申しました。

(p.47) あこう御前はこの歳になったけれど、山という山で霞のかからない山はない。女人と生まれて夫の思いのかからない女人もない。ところが、自分はいまだに夫の思いもからない。それなら、太陽に子供をくださいと願いごとをしようと考えて、建物の棟《むね》に下駄の歯が一尺二寸もあるのをはいて、三斗三升入る桶《おけ》に、水を入れて頭に載せて、二十三夜の月を待った。そんな時、西の海から、金の魚があこう御前の腹の中に入るという夢を見た。普通の女性は十月十日には赤ちゃんを産むものとされる。あこう御前は三十三カ月目に赤ちゃんを産んだ。玉のような、瑠璃のような赤ちゃんで、男の子だった。それで、名前をつけようと、夢を思い出して、金魚丸とお付けになった。ともかく人間ではないので、母御の腹の中からお経を唱えていた。

（p.48）屛風が浦の住人たちは、『とうしん太夫の身内のあこうと言う女性がもうけた子供は夜泣きする。夜泣きする子がいると、近在七つの浦、七つの里が滅びると申します。その子を捨てないなら、とうしん太夫自身を含めて、この浦の平和がまもれない』との使者が立った。あこうはこのことをお聞きになり、『この子を一人産むのに、どれほどの難行苦行をしたことか。捨てるものか、金魚』とその子をつれて、放浪した。その場所は八十八カ所だと言われている。

【16】空海になり入唐する（pp.48–51）

（p.48）その時に母御は、『コレ金魚に申しておく。夜泣きをするだけでもうるさい児なのに、この子は長泣きをする。昔から今まで、自分を捨てる藪《やぶ》はないけれど、子供を捨てる藪はあると聞いている』。一度は捨てたけれど、ちょうどその時、槙の尾のからん和尚と申す人が、讃岐の国志度の道場で、七日の説法を行っていた。あこう御前もお参りする一人だったが、説経をお聞きになって、聴衆は皆退室したが、あこう御前は退室しなかった。からん和尚は、その時下がり松の根元のあたりに耳をすますと、お経の声が聞こえる。からん和尚が土を掘り起こして御覧になると、玉のような男の子だった。和尚は御覧になって、これは不思議なこともあるとお考えになり、あこう御前が身も世もなく手すり足すり、涙を流して嘆くのを、『どんな訳のある女人だ。何を嘆いている』とお声を掛けられた。

（p.49）あこうはお聞きになり、『たまたま一人子供をもうけたのですが、夜泣きすると使者が立ったので、ここにある下がり松の根元に埋めておいたのです。昨日までは泣いていましたが、今日は死んでしまったのか、声がしないと嘆いていました』と話した。和尚はお聞きになり、『この子のことか』とあこうに、その子をお渡しになった。あこうはひどく喜んだ。『コレ母親に言っておく。この子が泣くのは夜泣きではなくて、お経を読んでいるのだ』と言うと、それから、槙の尾を目指して歩みを運ばれた。

（p.50）七歳の時に、金魚と一緒に槙の尾を目指して歩みを運ばれた。からん和尚と金魚とは、仏の生まれ変わりなので、お会いになると直ぐ、先住の槙の尾の和尚は、御室のお寺にお移りになった。とにかく生き仏なので、師匠が一字を教えると十字を悟った。学問に才学を示した。お年が重なり十六歳になったとき、髪を剃って、空海におなりになった。

（p.50）二十七歳の時に、中国へ入ろうとお考えになり、九州の宇佐八幡にこもり、ご神体を拝んでいると、十五、六歳の美しい女性が姿を現した。空海は御覧になり、『これは愚僧を試そうとするのか』と思って、『ただご神体よ』と口にしますと、次に、第六天の魔王が姿を現した。『それは魔王の姿だ。ただご神体に会いたい』と声をおかけになると、建物じゅうがグラグラと揺れて、火の手が燃え上がり、その中から、南無阿弥陀仏の名号が現れた。空海は、『これこそご神体だ』と船の甲板の横板に彫りつけなさった。それを船板の名号という。それから中国にお渡りになり、多くの皇帝にお礼をした。その後善導和尚にお会いになり、『それなら、僧位を与えよう』と弘法大師におなりになった。

【17】 渡天し文殊と争う（pp.51–53）

（p.51）いっそのこと、インドに渡ろうとお考えになり、天竺流沙川を通過してインドに向かった。大聖文殊菩薩は御覧になって、『日本の空海、どうしてここまでやって来たのだ』。空海はお聞きになり、『文殊菩薩の浄土へ参るのです』と言った。文殊は童子の姿に身を変えて、『コレ空海。この河に渡し場はないぞ。そこから戻れ』と言った。

（p.52）空海はお聞きになり、『川である川で、渡し場のないことは絶対にありません』。『小国の空海。そこから戻れ』とおっしゃった。空海はお聞きになり、『インドは月の国なので月氏国と言う。中国は星の国なので震旦国と言う。日本は小国だが、太陽の国なので日域と言う。知恵が一番の国だ』。

（p.52）文殊はお聞きになり、『字をどれほど書く』と質問があった。空海はお聞きになり、『最初に文殊童子が書け』と言った。『それなら、書いて見せましょう』と、飛ぶ雲に、阿毘羅吽欠という文字をお書きになった。雲は早く流れるが、文字はちっとも乱れない。空海は御覧になって、『オオよく書いた文殊童子。私が書いて見せよう』と、流れる水に、龍という字を書いて見せた。文殊童子は御覧になって、『あの字では、点を打ってこそ龍とは読めるが、点が足らない』とのお言葉だ。空海はお聞きになり、『あの字に点を打つのは簡単なことだが、直ぐに一大事が起こることは間違いない』。文殊はお聞きになり、『一大事となっても構わない。ただ、お打ちなさい』と言う。『それなら、打って見せよう』と、点を打つと、上流の竜の目に筆が当たり、その涙が一時に洪水となった。空海も五、六百メートルも流された。文殊童子は御覧になり、『それ見たことか、空海』と言うと、空海は石の印を結んで、川上に投げると、印は五尺ほどの大石となって川をふさぎ、後は白川となって流れた。

【18】弘法大師となり帰朝する（pp.53‒56）

（p.53）文殊は御覧になって、乗っている獅子にやたらに鞭を当てて、文殊の浄土にお戻りになった。空海は文殊の遺跡をお参りになった。大聖文殊は御覧になって、三十三尋《ひろ》（六十メートル余）の黄金の卒塔婆を取り出して、『この卒塔婆に文字を書け、一番のみ弟子』とお言葉をかけた。文殊の弟子で、ちけい和尚とおっしゃる方が、私が書こうとお思いになって、卒塔婆の上にまたがってお書きになった。空海はそれを御覧になって、無礼を注意しよう、『私の国は小国ですが、牛や馬には乗りますが、卒塔婆に乗るのを見たのはこれが始めです』。ちけい和尚はひどく腹を立て、『お前の姿を一見すると、背《せい》は小さく色が黒い。文字についての問答はできまい』と言った。空海はお聞きになり、日本の諺をお引きになった。『漆のように黒くても、あらゆる家具に使われている。部屋の梁《はり》は小さいと言っても、総ての衣裳をそこに掛ける。筆は小さいと言っても、あらゆる文字を書くことができる。まあそんな風で、背が小さく、色黒くても、文字の問答には応じましょう』とのお言葉だった。文殊はこのことをお聞きになり、『空海先ず書け』とのお言葉だ。『それなら書いて、お目にかけよう』と、三十三尋の黄金の卒塔婆を取り出し、辺りを法力で払って、先手の相手と言うことで卒塔婆を立てて、手にした筆に墨をつけて、卒塔婆の上の方に投げ上げると、筆は獣の毛でできているが、さらさらと書きつけて、空海のお手に飛び戻った。文殊はこのことを御覧になって、『書くには書いたが空海よ。一字足らない』とのお言葉だ。空海はお聞きになり、『それでは書いてお目に掛けよう』とて、阿字十方三世仏、一才諸仏達、八幡諸聖教、皆是阿弥陀仏、筆は獣の毛でできていると言うが、もとあった硯《すずり》に戻った。『それなら僧位を与えよう』と大聖文殊の大の字をとって、弘法大師とおなりになった。

（p.55）そののち、文殊は空海に渡そうと、独古《どっこ》・三鈷《さんこ》・鈴《れい》の三つの宝物を箒《ほうき》に結びつけて、庭をお掃きになった。空海は文殊の手から受け取って、師匠からいただいた箒だからと、自分用の箒として掛けておいた。箒の三つに結われていた所から、金色の光がさした。そこを切りほどいて、御覧になると、三つの宝が隠れていた。我が国で巡り合おうと、文殊の浄土から、日本にお投げになると、独古は都の東寺に収まって、東寺は女人高野と拝まれた。鈴は讃岐の国霊仙寺に収まって、霊仙寺は西の高野と拝まれた。三鈷は高野に収まって、三鈷の松と拝まれた。そののち、空海は、知恵くらべ、筆くらべを終えて、我が国にお帰りになった。

【19】母の入山を止める（pp.56‒59）

（p.56）以上は、弘法大師の物語です。さてさて大師の母御は御歳八十三におなりになっていたが、大師に会おうと、高野を目指してやって来たが、空はにわかにかき曇り、山が振動し、雷が鳴った。大師はそのとき、どんな女性がこの山に向かっているのかと、麓に下って、その姿を見ようとお考えになり、矢立の杉というところで、八十ばかりの尼さんが大地に引き込まれた。大師は御覧になって、『どんな女性か』と質問なさった。母御はお聞きになり、『私は讃岐多度の郡、白方の屏風が浦のとうしん太夫と申すものの身内で、あこうと申す女ですが、我が子がこの山に幼い坊主として一人おります。延暦八年六月六日に二人は離れ、今日になるまで対面しておりません。我が子が恋しいので、ここまで尋ねてまいりました』と言う。

（p.57）大師は手を打ち鳴らし、『私こそ昔の幼い坊主、弘法です。ここまでおいでになったのは立派なことではありますが、この山と申しますのは、空を飛ぶ鳥、地を走る獣《けもの》まで、男子というのは入れますが、女子というものは入れない山でございます』と言うと、母御はその時、『我が子のいる山に向かわないことが腹が立つ』と側らの石をおねじになられた。それで、その石をねじ石と言います。火の雨が降ってくると、母御をお隠ししたので、隠し岩と申します。『たとえ大師であっても、父が種をおろし、母の体を借りたからこそ、末代の名僧とはなれたのでしょう。この世にたった一人の母を、直ぐに寺へ進めるのではなく、里に帰れとは情けない』と涙を流してお泣きになった。

（p.58）大師はその時、『不孝者の言葉ではありません』。七丈の袈裟を脱いで、岩の上にお敷きになって、『これをお越しになってください』と言った。母御は我が子の袈裟だから、何も問題はあるまいと、パッとお越しになると、四十一にて止まっていた月経が、八十三の年寄りから、芥子の粒のようにおちた。その時、袈裟は炎に包まれて、空にのぼった。

（p.58）それから大師は、不変の浄土に三世の諸仏を集め、九仏の描かれた両界曼荼羅を作り、四十九日の間お経をあげると、大師の母御は煩悩に満ちたこの人間世界を離れ、弥勒菩薩におなりになった。高野山の奥の院から百八十丁離れた麓に、慈尊院という寺があって、そこで弥勒菩薩と仰がれております。高野山支配の免税地二十村の氏神として祭られております。

（p.58）九月二十九日は、その縁日と言われます。大師の母でもお上りなれないお山へ、昨日今日出家の道心者の分際で、高野山に上ろうというのはなにごとだ」。与次はこんな風に話した。「お寺に行こうとも、行くまいとも、奥方様次第です」と言った。

【20】石童丸は高野山を探す（pp.59–61）

（p.59）御台所は、与次にひどくおどされて、「そういうことなら、私自身は参りません、与次殿。ただ、あの子一人では、らちがあきません。あの子はと言うと、母の腹の中に七月半いたときに捨てられた若君なので、今父親に会ったとしても、我が父はこの人だ、我が息子はこの子だとも、見てわからないのはかわいそうなことだ」。のぼらせないようにしようかとは思うけれど、「コレ石童丸。お山に登り、三、四日は探してみなさい。父に訪ね会っても、訪ね会わなくても、また、山にのぼってもともかく直ぐに下れ。母に待ちかねると言うことをおさせになるな。コレ石童丸。お前の父の印《しるし》は筑紫の言葉をよく話す。筑紫言葉を話すなら、衣の袖に取り付いて、よく、道理を語って、ここまでお供をしなさい。門出がよくて、縁起がよくて、直ぐに戻ってきなさい石童丸」と、母親は別れの挨拶を交わした。それはついちょっとしたことと思ったが、この世の生き別れの挨拶だったと、後になってわかったのだった。

（p.60）石童丸はお山にお登りになったが、お山から五人連れのお聖が麓の家にお下りになった。不動坂で出会うことになった。石童丸はその五人の姿を御覧になって、喜ばしいことだ。あのお聖様たちの中に、父道心はおいでになるだろうか。聞いてみようとお考えになり、「もしもし、コレお聖様。この山のどこかの塔頭《たっちゅう》に、急ごしらえの道心のお聖はおいでになりますか」。

（p.60）お聖はこのことを聞いて、「ここにいる幼い者は、また不思議なものの聞き方をする。この山にいるものは、こう話している五人連れの聖も道心者でありますよ」と一度にわっと笑った。

（p.60）石童丸はこのことをお聞きになり、わからないからこそ聞いているのです。教えないものが、邪険な人だと、次にお山に登って、一人の法師に近づいて、「一山の塔頭の数をご質問か、それは沢山です」。「建物の数は」とご質問なさった。「七千三百余の建物です」。「法師の数は」とお聞きになる。「一般に大師がお書きになった文章に、九万九千と教えておられます」。石童丸はお聞きになり、アア、探す仕事も大変な様子だな。それでは父をどう探そうと思案して、奥の院からお寺を見て下ってきた。右に左に高い卒塔婆は全部が日本国内の国々の悲しみの涙のようだ。今日は会いたい、会えるのじゃないかと、塔頭をそれぞれお尋ねになった。

【21】父苅萱道心と出会う（pp.61－63）

（p.61）かわいそうなことに石童丸は、山に入って六日目の早朝のことだったが、学文路の宿にいらっしゃった。「母上様のお言葉には、例え尋ねて山に登ったとしても、一、二日たったら、とりあえず下れ」とおっしゃっておられた、明日は早々に山を下りようとお考えになり、午前三時に日付も変わると、石童丸は準備して、もう一度、奥の院にまいって、母上様に、この地の様子をお話し申そうとお考えになり、奥の院におまいりになったのだ。

（p.62）父苅萱道心は、花籠を手に提げて、奥の院から帰ってきた。行く人と戻る人が、大橋のところで、お会いになったのだったが、親は子のことを知らず、子は親だと見ることもなかった。行き違って、二人はお通りになったが、親と子の絆なのか、石童丸は立ち帰って、父道心の着物の袖にすがって、「モシモシ、コレお聖様。質問がございます。もしや、どちらかの塔頭に急ごしらえの道心聖はおいでにならないでしょうか。教えてくださいお聖様」。

（p.62）道心はお聞きになり、「サテサテ、この幼い者は不思議なことを聞くものだ。この山に居る者は、国もとで、鵜飼いや鷹狩りを生業とした者か、放火殺人をした者か。主人の勘当にあい、親から嫌われた者たちか。一端、後生大事と考えて、職や所領を捨てて、髪を剃った者もいます。この山に居る者は、皆道心者です。ここ高野山で、人を尋ねるときは、武士なら、氏と名前を書き、農民なら、国と在所の名を書いて、三枚の札を立てなさい。そうすると、相手が会おうと思ったら、札に別の札を添え、会いたくないときは、その札を引き抜く。三日もしないうちに在所がわかるものだ。お前のように探しては、三年と三ヵ月探しても、会うことは考えられない。国はどこの人だ。名を名乗れ。私も一緒に探してあげよう。旅装束の幼い人よ」とおっしゃった。

【22】苅萱から偽りの話を聞く（pp.63–66）

（p.63）石童丸はお聞きになり、「こう語る私の父は、出身は九州の筑前の国、住み家は苅萱の荘、加藤左衛門、名を繁氏と申します。繁氏様のお年は二十一、母上様は十九です。姉の千代鶴姫とて三つの歳、そしてこう話す私が母の腹の中に七月半になったその時に、嵐に花が散るのを見て、若気の道心を起こして、都で有名な新黒谷で髪を剃り、名は苅萱の道心だと風の便りに聞きましたので、母上様と私と、はるばる尋ねて参りました。母上様と私が尋ねてくる夢を見て、会うまい、見もすまい、語りもすまいと、すでにはやくも女人の登られない、高野の山へお登りになっておいでです。御存知でしたら、教えてくださいお聖様」。

（p.64）父の道心はお聞きになり、アア今この時までは、この時までは、どうした訳がある者かと思っていたが、尋ねてやって来た子供は私の子供だ。我が子というなら、わたしは父親となる。聞くのではなかった、残念だ。問い聞いて心が乱れた。その姿を見ると、我が子の姿の悲惨さに、こらえていた涙が止まらなくなった。

（p.65）石童丸は御覧になって、「私はこの山に登って、今日で七日になります。多勢のお聖様にお会いしましたが、あなたのように心優しい人で、涙もろい人には今はじめて会いました。父の在所を知っておられるような様子と思われます。是非父の在所を教えてください」。

（p.65）父の道心はお聞きになり、なるほど賢いあの子のことだから、父だと悟られては一大事とお考えになり、とりあえず嘘をついた。「ウンウン、そのことだそのことだ。お前の父の道心は、こうお話しする聖とは、このお山では、師匠が同じで相弟子で、仲もよかったその時に、去年の今頃、夏頃に、不治の病にかかって、亡くなられました。それも特別に今日がその人の命日です。お墓参りをしようとして、お前に会ったのだから、それで涙がこぼれるのだ」。

（p.66）石童丸はお聞きになり、「これは夢でしょうか、現実でしょうか。このことを知ったのは、本当に悲しいことです」と涙を流し、ワアワアとお泣きになった。涙をこぼしながら、「モシ、コレ相弟子様。父に会った気持ちになって、お墓参りをしたいです。お墓はどこにあるのですか、教えてください。お聖様」。父道心はお聞きになって、自分の為にたっている塚はあるわけがない。去年の今頃夏の頃に旅人の依頼で、逆修のためにお立てになった卒塔婆の所へ連れて行き、「これがお前の父道心の卒塔婆ですよ。拝みなさい」と、二人ともに拝礼するのだった

【23】にせの卒塔婆を受け取る（pp.66–69）

（p.66）石童丸はお聞きになり、かわいそうなことに、塚の辺《ほと》りに倒れ伏して、「アア今までは、今までは、この世にさえおいでになるのなら、ご挨拶しようと思ったが、今卒塔婆にお会いすることよ」と、涙を流し、塚の近くに頭をつけて、正気もなくなるのではと言うように、お泣きになった。涙は両眼からあふれながら、「アアこの塚の地面の下に、父苅萱はおいでになるのか。繁氏様はおいでになるのか。腹の中七月半で捨てられた幼子が、生まれて成人し、ここまで尋ねてやってまいりました。オオ石童丸かと、この塚の下から言葉を掛けてください」と、涙を流して、お泣きになった。涙を流しながら、あね御が言付けなさった絹の着物を取り出して、着物を振りながら、卒塔婆の上から投げかけて、着物の腰の辺りに抱きついて、「モシモシ、コレ父御様。この着物は三つの歳に捨てられて、今年十五になる娘が自分の手で縫った着物です。見苦しいものですが、情けを掛けて着てくださいと、お言付けでございます。いつか父御に尋ね会って、こんな風にお着せして、衣の腰に抱きついた、その様子を見ることができれば、どれほどうれしいことか。それなのに、今は卒塔婆に着させて、悲しいことです」と。元のように折りたたみ、「モシモシ、コレ相弟子様。見苦しいものですが、この着物は、三つにて捨てられて、今年十五の歳になる娘が自分の手で縫った着物です。父御に会うことがあれば、情けを考えてお召しになってくださいと、言付けられておりました。父親がこの世にいないなら、相弟子様に差し上げましょう。相弟子様だと思うけれど、千代鶴の思いは、父のお手に渡りました」。

（p.68）アアかわいそうなことに石童丸は、卒塔婆を持って下り、母上様に拝んでいただこうと、すぐに肩に担いでお下りになる。父道心はお聞きになり、きっと賢いあの子のこ

とだから、卒塔婆を麓の宿に下すことにでもなれば、御台所が見たら直ぐに、これは道心の卒塔婆ではなく、逆修の卒塔婆と書いてあると、今まで隠していたことが、元も子もなくなると考えて、「モシモシ、コレ幼い者よ。その卒塔婆を麓の宿におろすのは、無間地獄に引き落とすようなものだ。この世で立てた卒塔婆は、仏と同じ台座に立てたようなものだ。そこで、ほかの卒塔婆が欲しいなら、その卒塔婆はそこに置き、新しく書いて差し上げよう。幼い者よ」と、蓮華坊にやって来て、道心のあれこれのできごとをお書きになり、石童丸に手渡した。石童丸はそれを受け取って、麓の宿に下っていった。

【24】母御台が亡くなる（pp.69‒71）

（p.69）ここまでは石童丸のお話。それはさておき、悲しい話はやはり学文路の宿においでになった御台所様の身の上で、あれこれ哀れ尽きないことだった。おかわいそうに御台は一日二日を待ちかねていた。風がゴトッと吹く音も、妻戸がきりりと鳴る音もこれは石童丸か、夫の消息がわかったかと、お嘆きになったけれど、そういうことは全くなかった。

（p.70）アアおかわいそうに御台様は、「モシモシ、コレ与次殿。前に幼い者を山に登らせて、今日で七日になりました。今か今かと待ちかねています。今日も来なかったか、悲しいこと。明日も来ないのではないか悲しいこと。見知らぬ山道に迷って、行く道がわからなくなって、まだ戻らないのか。もしかしたら、父に尋ね会って、恋しかった会いたかったの話が途切れず、別れることができないのか。父御に会っても帰らないのか。モシモシ、コレ与次どの。ところで、私は今日の日を過ごせないと覚悟しておりました。もしもこの身が死んだなら、身につけた黄金があります。与次殿に差し上げます。わたしの葬式を出してください。肌につけたお守りと黒い数珠は、幼い者が下ったら、これを形見の品として渡してください。鬢の毛は国もとに残してきた姉の千代鶴に届けなさいと、幼い者に渡してください。今来ないか、まだ来ないか。まだやって来ないのか悲しいことだ。モシコレ与次殿。夫の行方はわからなくても、一度会いたい石童丸に、会いたい会いたい」とおっしゃった。その会いたい気持ちが積もったからか、それともそれが寿命だったのか、明日という日がこないうちに、この夜、お亡くなりになった。

（p.71）宿の与次はびっくりして、ちょとした縁で奥方様にお宿をお貸しして、つらい事態を目にすることのかなしさよ。午前三時に日付も変わると、与次は準備をして、お山に登った。

【25】母の死を嘆く（pp.71‒73）

（p.71）アアかわそうに石童丸は、卒塔婆をかついでお下りになっていた。不動坂で二人はお会いになった。与次はその姿を見ると、「アアここにいらっしゃった幼いひとよ。そんな風に母の最期がわかっていて、卒塔婆を持っておいでになるなら、どうして昨日のうちにお下りないのか」。

（p.72）石童丸はお聞きになり、「これは母上様の卒塔婆ではありません。父の卒塔婆です。初っぱなが悪い。母の卒塔婆とはどうしたことだ。アア不気味なこの卒塔婆だ」と、谷へカラリとお捨てになった。与次と二人、道をよろよろとお下りになった。急ぐ、急がないのという時もなく、わずかな時間に、学文路の宿にお着きになって、妻戸をきりりと押し開かれた。屛風をどけて御覧になると、アアかわいそうに母上様は、頭を北に、顔を西に向けて、往生なさっておられた。死体にガバッと抱きついて、「コレは夢か、まぼろしか。夢ならば、早くさめろ。幻なら直ぐさめよ」と自分の顔を母の顔にかぶせて、「モシモシ、母上様。頼りも知らない高野の山中に、石童丸を誰に預けて、捨ててどこに行くのですか。行かなければならない道なら、一緒につれて行ってください。私一人をここに残しておき、つらい目を見せないでください」と、抱きついてワッと泣き、押し動かしてはワッと泣いた。涙を流して、正気も消えるのではというように、お泣きになった。

（p.73）そして、そこに居続けるべきではないので、清い水を取ってきて、あかない口を押し開け、小指に水をつけて、「今差し上げるこの水は、同じあの世においでになる繁氏様からの末期の水でございます。しっかり受け取って、成仏してください。もう一つ差し上げるこの水は、国に残しおいてきた姉千代鶴様の末期の水です。しっかり受け取り、成仏してください。またもう一つ差し上げるこの水は、ここまでお供してやってきて、なんの甲斐もなかった石童丸の手向けの水です。しっかり受け取り、成仏なさってくださいな」と身をよじり、涙を流し、お泣きになった。色々な悲しみもこれにはまさるまいと思われた。

【26】苅萱とともに母を送る　（pp.74–77）

（p.74）アアかわいそうなことに石童丸は、私にはここでは、頼みになる人もいないのかと、お山にお登りになって、蓮華坊へおいでになった。「モシモシ、コレ相弟子様。麓にいらっしゃった母上様も、お亡くなりになってしまいました。相弟子様をお頼みします。お葬式をよろしくお願いします」。

（p.74）父道心はお聞きになり、「うん」と答えて、石童丸と連れだって、麓を目指してお下りになった。学文路の宿も近くなったところで、道心が内心思ったことは、あの子は利発な子だから、お山でこんな人に会ったという話をすると、御台所はお聞きになると直ぐ、それは相弟子ではなくて、お前の父道心だろうと、考えて、道心をだまして山を下らせて、懺悔をさせようとしているのだとお考えになり、嘘をつこうと考えて、たった今、思い出した様子で、「モシモシ、コレ幼い者よ。この山の作法では、麓へ下るときは師匠に別れの了解をとるのが習慣だ。お前が知っている通り、今朝別れの挨拶をしないで下ったぞ。とりあえず、お前は行きなさい。私はご許可をいただき、すぐに、後からまいります」。石童丸はお聞きになり、「モシモシ、コレ相弟子様。別れの挨拶も時によりましょう。今から行うこのことは僧の勤めではありませんか」と言いますと、たしかにその通りだと、麓を目指してお下りになった。

(p.75) 学文路の宿にお着きになると、与次は二人を見ると直ぐ、「今まではだれのことかと思っておりましたが、蓮華坊様のことでしたか。一寸したきっかけでしたが、旅の奥方様に、宿を貸して、辛い現実を見ることよ。私もそちらの方へ出かけたいとは思うけれど、旅人《たびびと》が多勢お着きになりましたから、葬式をよろしくお願いします」。道心はこのことをお聞きになり、人がいないのを幸いに、間の板障子をさっと開けて、屏風をよけて御覧になると、北枕で顔を西に向けて、往生なさっていた。死体にガバッと抱きついて、きっと最期の時に私を恨んだことだろう。人を嫌いになるということは、この世にはあると聞くが、決してお前を嫌ったのではない。後生を祈ってあげよう。この事態について、石童の心の中はどうだったろう。あまり嘆いたら、あの石童丸が気がつくだろう。忍びなく涙をとどめて、剃刀《かみそり》を取り出して、髪を剃りおろそうとしたけれど、なにしろ、十三年前に、縁を切った御台のことだから、二人の間に起こった思い出が思い出されて、剃刀の当てるところも見つからない。それでも、髪を四方に、四方浄土と剃りおとした。野辺送りも早くと、前を道心が、後ろを石童丸が肩に担いだ。アアかわいそうに石童丸は、涙をこぼしながら、こんなことを口にしたのも悲しいことだ。

(p.76)「我が日本の九州で、こんなことがあるならば、大名や小名、一門の部下たちが集まって、貴賤群衆《きせんぐんじゅ》といった様子になったろう。連絡の方法も知らない高野のことだから、相弟子様と石童丸と、たった二人以外人もいない」。せんじょうが野辺に送って、薪を積み、栴檀を混ぜて、諸行は無音無常と三つの炎と燃やし、火葬した。煙が目にしみると、続いて、お骨を拾って、「モシモシ、コレ幼い者よ。この剃った髪の毛をお持ちになって、国にあね御がいるのなら、急いでお下りなさい。このお骨はこの山の骨心堂に込めておくぞ」と、そこでも名前を名乗らず、子供を突き放す道心の心の中はどれほど辛いことだろう。

【27】千代鶴の死を知る (pp.77–80)

(p.77) アアかわいそうに石童丸は、母の遺髪を首に掛け、筑紫の国を目指して、お下りになった。道中は長いので、時々この剃り髪を取り出して、口にする言葉も悲しいものだった。「この遺髪は、母上様と一緒に、父を尋ねて上京するときは、道中も遠くなかったが、今回のこの道中の長いこと」と泣いたり、悲しみを口に出したりしながら、筑紫を目指せば、やはり、あまり時もかからずに、九州へお着きになった。

（p.78）九州にお着きになると、屋形の中で千部経の声が聞こえる。「悪事千里を走るというが、こんなことを言うのか。母上様の御最期を、自分が聞くより早く聞いて、お弔いをなさるのか、うれしいことだ」と屋形の中にお入りになると、石童丸のお乳《ち》の人や乳人《めのと》が右から左から抱きついて、「ご運の強い石童丸様よ。父親に尋ね会って、お戻りになられたのですか。ご運の弱い千代鶴姫様よ。あなたが京都に上られたあと、母上様が恋しい、石童丸が思い出されると、恋しい恋しいとおっしゃっておられましたが、その恋しい思いが積もったのでしょうか。お亡くなりになりまして、昨日で初七日に当たりますから、お弔いに、千部の経を読ませたのです。これがあね御の遺骨と遺髪です」と、石童丸にお渡しになった。

（p.78）石童丸はお聞きになり、これは夢かはたまた現実か。親のように、主人のように、頼みに頼んだ千代鶴様がお亡くなりになったのか。これは夢か現実か。父に死に別れ、母に死に別れ、そして千代鶴姫までがこの世においでにならなくて、千代鶴姫のお骨を見ることは悲しいことだ。生きている価値のない命を永らえても、しょうがないこととお思いになり、一緒に死のうとお思いになったが、待て待て少しの間、私まで死んでしまったら、皆の後生菩提を祈る人もいなくなる。もうだれも頼む人もいないので、国の統治は一門の人に預け、あね御の遺骨・遺髪を首に掛けて、高野を目指して歩みを運ばれた。

（p.79）さて、高野の山の父道心は、幼い人を国もとに下したが、国もとでは、どのように処理したのだろう。よそ目に見て、その辺りを歩き回ろうと考えて、笈《おい》を取って肩に掛け、高野の山をお出になった。道心の行くのと石童丸の帰るのとで、不動坂で出会われた。父の道心は御覧になって、「さてさてここにいる幼い者よ。お山にうろうろしていて、国へはまだくだらないのか」とおっしゃると、石童丸はお聞きになり、「国にはいったん帰ったけれど、国もとのあね御様が、母上様を待ちかねて、お亡くなりになってしまっておりました。これがあね御の遺骨と遺髪です」と、父道心に手渡した。

【28】苅萱のもとで出家する（pp.80－82）

（p.80）父道心はお聞きになり、さて情けの薄いことだったな。ソレ私がこの山で、出家の道を修めないで、人を殺していたのか、悲しいことだ。あの子に私が親だと名乗って、喜ばせようと思うけれど、途中で心を変えて、あの子に親子の名乗りをするなら、黒谷で書いた誓文が、アア無になって、無間地獄に落ちることになる、恐ろしい。名乗らないようにと思うが、悲しいことだ。「モシモシ、コレ幼い者よ。お前はこの山で髪を剃って、出家となり、親・兄弟の菩提を祈らないか」と、蓮華坊へお帰りになって、髪を四方に剃りこぼし、「髪を剃った後の戒名に、道心の道の字をとって、道念坊と名乗りなさい。後生大事と仏様にお願いしよう」。かわいそうに道念坊は、お山で木を伐り割って、修行なさった。

（p.81）そのころ、お山の人々は、「あの道心と道念と、師と弟子の関係だが仲がよすぎないか」とうわさが立った。道心はこのことをお聞きになり、人は心に思ったことをなんでも口に出す。本当の親子と知られては一大事と、「モシモシ、コレ道念坊。そうだ私は北国修業に出かけよう。老少不定という言葉のように人の命は定めないもの。北に紫雲の雲が立ったら、道心坊が死んだと思いなさい。西に紫雲が立ったら、道念坊が死んだと思うことにしよう」。別れの挨拶をして道心は、修行の道具一式を手に持ち、肩に掛けて、高野山を出発して、京都新黒谷で、百日の別事念仏をなさって、そこに心を残すことなく、新黒谷をたち出でて、信濃の国善光寺の奥のお堂に閉じこもって、後生大事をお祈りになった。

（p.82）特別に、寿命は素晴らしく、八十三という歳の、八月十五日の午の刻に、大往生をおとげになった。北の方に紫雲が立った。高野山においでになった道念坊は、六十三という歳に、同じ日の同じ時刻に大往生をお遂げになった。北に紫雲が立つと西に紫雲が立つ。紫雲と紫雲が渦を巻き、一つにたなびくのもありがたいことだった。この世では名乗りあうことのなかった二人だが、多くの三世の仏たちと、阿弥陀の浄土極楽で、親だ兄弟だと、お名乗りなさっただろうが、めでたいことだ。素晴らしい香りが立ち、花が降り、三世の仏たちが御覧になり、こんな立派な仲間を、サア仏として、末世の衆生たちに拝ませようとお考えになり、信濃の国の善光寺の奥のお堂に、親子地蔵とまつられております。親子地蔵のお話を、ここまで語って終わりとします。国も富み栄え、この地も繁盛、ひたすらあの世を願うは、それは大切なことです。

解説

芹澤剛

説経は、中世末から近世初めに盛時を迎えた芸能、語り物で、説経節・説経浄瑠璃とも呼ばれる。「かるかや」は、「さんせう太夫」「しんとく丸」「をぐり」「あいごの若」「まつら長者」などとともに説経の代表曲で、苅萱道心と石童丸父子の悲話として知られている。

説経に関する研究は多く、本書はそういった先学の成果に負うところが大きい。もう一歩進んで学ぼうとする場合は、末尾に付した文献などを参照してもらいたい。

本書が底本にした寛永八年刊行の正本は、説経の古態を示し、中世の詞章を残すものと評価されている。「本文について」に記したとおり、本文は、底本の雰囲気を残しながら、読みやすさを考え、一定の処理を施して作成してある。また、煩雑さを避けるため、底本の体裁を厳密に再構成するための種々の情報は省略した。そこで、ここでは底本（詞章）に関して、表記を中心に若干の解説をし、理解の助けとしたい。

1　漢字の使用

古態を残すとされるいくつかの説経正本は、共通して、ほとんどすべて仮名文字で表記されている。語りの声をそのまま文字に写したかのようである。節譜はついているが、語りを正確に記すというよりも、享受層である庶民一般がどの程度漢字に習熟しているかということを踏まえた表記と見ることもできる。

底本に用いられている漢字は次の五〇種ほどである。便宜上、三類に分け、Aを漢数字、Bを漢数字以外で使用例が一〇例以上のもの、Cを九例以下のもの、とした。なお、漢数字は千・万を除いて、いずれも一〇例以上使用されている。

A　一二三四五六七八九十千万

B　御申大山人日国月候上事此

C　女給所天神有又木是心夫物参程尺入下寸斗升川共殿馬我地也

使用例の多寡は、その漢字を使う語の出現頻度によるものであり、したがって内容との関係が深い。一方で、内容とは関わりなく、たとえば敬語、接続語、代名詞、コト・モノなどの名詞、イク・クル・アルなどの動詞というような、言語表現をするうえでの基本的な語彙は出現頻度が高くなり、そこに用いられる漢字は繰り返し目にすることになる。

Bでは、「御」が二六〇例ほど、「申」が一五〇例ほどで突出している。その他は一〇～六〇例の範囲である。Bは字音語、和語のいずれでも用いられ、仮名書きされていることもある。「山国女天神木心夫川馬」は内容に関わる漢字であろう。内容に関わる漢字は、その話のその場面にだけ現れるという、いわば一回性を持つ場合が考えられる。使用例の少ないCに多いのはそういうことと関連しているだろう。ただ、右にあげた漢字は、内容に関わる、頻度の低いものであるとしても、ごく初歩的な漢字である。現代に置き換えても、これらは小学校四年生までに学ぶ。

繰り返し目にする漢字、初歩的な漢字など習熟が困難でない漢字だけが正本に用いられ、それ以外は仮名で書いてあるということだろう。

2　漢字と仮名の使い分け

「候」に注目してみよう。前項の分類ではBに入っている。同時期の語り物である幸若舞の詞章では、漢字表記「候」と仮名表記「さふらふ」で男女の使い分けがあり、「さふらふ」は女性のことばの中で用いられ、これは男女が使用する語形の異なりを表記に反映させているとの報告がある（蜂谷清人「文禄本舞の本の『候ふ』と『さふらふ』―男女の使い分けの問題を中心に」『山梨英和短期大学創立十五周年記念国文学論集』一九八一年）。

底本では漢字「候」が二二例（会話文二〇例、地の文二例）、仮名「さふらふ」が二例（会話文一例、心内文一例）である。このうち、女性が話し手であるのは五例ある。【　】は該当箇所のある本書の段落番号を示している。

A　千代鶴姫↓石童丸　「候」　一例【11】
B　母↓石童丸　「候」　二例【12】【13】
C　千代鶴姫心内文　「さふらふ」　一例【11】
D　母↓与次　「さふらふ」　一例【24】

このうちACは、千代鶴姫を屋形に残して、母と石童丸が父を尋ねて旅立つという同じ場面で使われている。底本は次のとおりである。該当部分に傍線を付した。

てわさのきぬのころもをたちぬいて、もちてさふらふか、これをことつて申へしや、いかにいしとうまるよ、これは三つにてすてられし、ことし十五になるひめの、てわさのきぬのころもなり、みくるしうは候へとも、なさけをかけてめされいとちゝこにまいらせ申へし（段落【11】）

心内文と会話文で表記を区別しているとは考えにくく、もし区別するならば、後者の会話文の方こそ仮名書きがふさわしい。

女性が話し手である五例の中で仮名表記が二例であること、ACのように同一場面での表記が不統一であることを考え合わせると、表記上は男女の使い分けは意識されていないように思われる。あるいは、庶民層では男女で語形の使い分けそのものがなかったということなのかもしれない。

3　仮名遣い

底本の仮名遣いを見てみよう。歴史的仮名遣いと異なるものを次にいくつか拾い出し、示してみる。（　）に歴史的仮名遣い、［　］に参考のために現在の漢字表記、【　】に段落番号を記す。

A　いわゝれて（いははれて）［斎・祝］【1】　くわしく（くはしく）［詳］【1】　たまいし（たまひし）［給］【1】　まいり（まゐり）［参］【2】　なふて（なうて）［無］【2】　しよまふ（しよまう）［所望］【6】

B　かゑす（かへす）［返］【3】　いゑと（いへと）［言］【4】　ひゑ（ひえ）［比叡］【5】　きこゑ（きこえ）［聞］【8】　みゑい（みえい）［御影］【8】　はへたる（はえたる）［生］【9】

C　とをり（とほり）［通］【1】　をきかた（おきかた）［置］【1】　をとめあつて（おとめあつて）［止］【2】　おつと（をつと）［夫］【3】

Aは〈は―わ〉〈ひ―ゐ―い〉〈ふ―う〉、Bは〈へ―ゑ―え〉、Cは〈ほ―を―お〉の例である。「ふ」をムと発音したり、「ひ」「へ」をそれぞれミ・メと発音するような表記と発音の問題は措くとして、これらは『下官集』『仮名文字遣』をはじめとする、いわゆる仮名遣書が取り上げていた仮名の類である。

底本の仮名遣いは、『仮名文字遣』と一致するものもあれば、しないものもある。一致する、しないに関わらず、一つの語の仮名遣いが固定しているならば、そこに仮名遣いの意識を伺うことができる。しかしながら、底本では同じ語が異なった仮名遣いで表記されていることがしばしばある。

仮名遣書が揃って取り上げていることを裏返せば、すなわちＡＢＣの類の仮名遣いの乱れは世の中の一般的状況であったということに他ならない。その意味において、底本に見える表記はこの時代の実相を映しているのであろう。

4　四つ仮名とオ段長音

四つ仮名「じぢずづ」とオ段長音の仮名遣いについても簡単に見ておこう。

ジ・ヂ、ズ・ヅこれら二類の音の区別は近世に入ってなくなる。中世末には発音がかなり近接し、区別が困難になり、その表記もかなりの混乱が生じていたのではないかと考えられている。

底本で混乱している例として、次のものを拾い出すことができる。

しや（ぢや）助動詞【1】　をんし（おんぢ）［恩地］【7】　をんし（おんぢ）［御地］【7】　まんす（まんづ）［先んず］【12】　ほんし（ほんぢ）［本地］【13】　ひちり（ひじり）［聖］【20】　しやうこう（ぢやうごふ）［定業］【24】

「ひちり」は二例拾えるが、それ以外は一例である。つけ加えて言えば、聖は正しい表記「ひじり」が一六例あり、それに対する二例である。また、本地は正しい表記「ほんぢ」四例に対して、「ほんし」が一例である。

四つ仮名を含む自立語は、人名・寺社名を除くと、異なり語数で一〇〇ほどある。その中で、混乱を示す自立語は、右の中で助動詞を除いた六語である。延べ語数では三〇〇ほどになり、右のものはそのうち七例である。四つ仮名表記の混乱は、数だけを見れば多くはない。

　なふ〳〵いかにおひしりさま、とのゐんないにか、つくりやうのとうしんひちりのましますか、をしへてたまはれおひちりさま、おひしりこのよしきこしめし、（段落【20】）

というように、短い文の中に正誤の表記が交互に現れるのは、表記を統一することには頓着がなかったことを示しているのであろう。そのような姿勢にあって混乱例が多くはないということは、語りの中に残る四つ仮名の発音の区別を映しているということかもしれない。

オ段長音は、中世後半、おおよそ開合の区別が残っていたとされる。底本ではおおむね正しい仮名遣いで表記されている。混乱を見せる例には次のようなものがある。漢語と和語に分けてあげる。混乱は漢語から和語に広がり、和語表記の混乱状況で変化の進み具合が判断できるという（大塚光信「開合音―キリシタン版の表記をめぐって―」『文学』50―1　一九八二年）。

〈漢語〉とうしん（たうしん）［道心］【7】　こせう（こしやう）［後生］【21】　はうし（ほふし）［法師］【20】　やうもん（えうもん）［要文］【10】

〈和語〉こうむりたる（かうむりたる）［被］【21】　ほう（はふ）［這］【10】　あふつくし（おほつくし）［大筑紫］【26】　いてかう（いてこう）［出来］【17】

筆者は、古態を残す他の説経正本を含め、開合の実態を調査したことがある（拙稿「説経正本におけるオ段長音開合仮名遣いについて」『園田学園女子大学論文集32』一九九七年）。詳細はそちらに譲ることにし、簡単に述べれば、底本で混乱した表記になっている語の割合（異なり語数）は、漢語で二割強、和語で一割強で、これは他の正本や同時期の他のいくつかの作品と比較した場合、明らかに低い。オ段長音も語りの中にはまだ開合の区別を残していたことを反映する本文の表記ということができるだろう。

〔参考文献〕
和辻哲郎『歌舞伎と操り浄瑠璃』（和辻哲郎全集第一六巻　岩波書店　一九六三年）
横山重『説経正本集』第一―三（角川書店　一九六八年）

室木弥太郎『（増訂）語り物（舞・説経・古浄瑠璃）の研究』（風間書房　一九七〇年）
荒木繁・山本吉左右『説経節』（東洋文庫二四三　平凡社　一九七三年）
室木弥太郎『説経集』（新潮日本古典集成　新潮社　一九七七年）
天理図書館善本叢書和書之部編集委員会／角田一郎解説『古浄瑠璃続集』（天理図書館善本叢書和書之部五〇　八木書店　一九七九年）
肥留川嘉子『説経の文学的研究』（研究叢書二四　和泉書院　一九八六年）
信多純一・阪口弘之『古浄瑠璃　説経集』（新日本古典文学大系九〇　岩波書店　一九九九年）

あとがき

二〇一二年一二月一八日、私たちが続けてきた小さな研究会の中心となって、指導して下さった黒木祥子先生が亡くなった。享年六三歳、胸腺癌だった。

黒木先生の逝去により、約三〇年間、月一回のペースで続いてきたこの研究会も終わることになった。いや、終わらなければならないくらい、黒木先生の存在は大きなものだった。先生は類いまれな読書家で、その知識の豊富さはいつも会員を驚かせていた。少しは追いつかなくてはと会員の皆が思っていたはずだ。

黒木先生は筆の遅い先生だった。執筆することに厳しく、慎重な人だった。この会に所属した、あるいは、所属する人も、筆の遅い人が多かった。この小さな研究会にも、研究の成果はそれなりにあるのだが、それを出版しようなどとは会員は考えていなかった。いや、指導される黒木先生が一番否定的だった。

その黒木先生が亡くなった。誠に残念至極、黒木先生からはまだまだ色々のことを教えて頂きたかった。ただ、数年前、黒木先生が元気に研究会に出られていた頃、説経『かるかや』を読んだことがあった。芸能史を得意としていた先生の指導だったから、今でも、研究会員が発表途中立ち往生していたのが思い出される。幸いその際の原稿を会員の一人芹澤剛先生が集めておいてくれた。もちろんこの中には黒木先生の意見も含まれる。

小さな研究会の最後に、それを黒木先生追悼の意を込めて出版できないかと話が出た。筆の遅い会員ばかりだったが、なんとか、一年半程の日月を費やして原稿もまとまった。黒木先生のお力に比べれば、まことに質素な本である。先生はあの世で、「そこ違うよ」とおっしゃっているのではとも心配する。

先生は、若い人と話をするのが好きだった。できうるならば、若い人にこの本を読んで頂きたい。そんな意図でこの本を上梓する。小さい研究会の最後の三人の会員に黒木先生のお名前を頂いて、出版することにした。黒木祥子先生の冥福を心からお祈りする。

二〇一四年九月

小林賢章誌

編者紹介
黒木　祥子（くろき　しょうこ）
元　神戸学院大学教授
小林　賢章（こばやし　たかあき）
同志社女子大学特任教授
芹澤　剛（せりざわ　たけし）
園田学園女子大学教授
福井　淳子（ふくい　じゅんこ）
武庫川女子大学非常勤講師

現代語訳付　説経　かるかや
二〇一五年四月二五日初版第一刷発行
編　者　黒木祥子
　　　　小林賢章
　　　　芹澤剛
　　　　福井淳子
発行者　廣橋研三
印刷・製本　遊文舎
発行所　有限会社　和泉書院
大阪市天王寺区上之宮町七－六
〒五四三－〇〇三七
電話　〇六－六七七一－一四六七
振替　〇〇九七〇－八－一五〇四三

ISBN978-4-7576-0750-7　C1393